오늘 여행은
어느 역에서
시작할까?

오늘 여행은 어느 역에서 시작할까?

박소연 지음

생각의빛

작은 여행으로 시작하자

시간만 있으면 어디든 가보는 것으로 여행은 시작되었다. 교통비조차 부담스럽던 때는 걸어서 갈 수 있는 곳들을 찾아갔고, 교통비 정도는 기꺼이 낼 수 있게 되자 입장료가 없는 등 추억을 쌓는 데 돈이 들지 않는 곳들을 골라 다녔다. 직장인이 되어 월급이라는 걸 받게 되면서부터 벌어들이는 금액의 상당 부분을 여행에 쏟았다. 그때부터는 산을 넘거나 바다를 건너야 닿는 곳에서 며칠씩 머물며 전보다 긴 여행을 떠났다.

몇 달 전부터 항공편과 숙소를 예약하고 가볼 만한 곳을 미리 찾아보는 계획적인 여행도 있지만, 주말에 늦잠을 자고 일어나서 휴대전화를 뒤적이다가 즉흥적으로 행선지를 정하는 '작은 여행'도 있다. 다년간 쌓아온 '작은 여행'의 기억으로부터 영감을 받아 이 책을 쓰게 되었다. 책을 통해 소개하는 장소는 현장감을 전달하기 위해 직접 가본 곳들 위주로 선별했다. 우리 주변에서 찾을 수 있는, 일상에서도 여행 느낌을 낼 수 있는 곳을 소개하려고 한다.

서울에 산다고 해서 서울 구석구석을 전부 다녀보는 것은 아니다. 친구 중 태어나서 단 한 번도 이사를 간 적이 없는 서울 토박이가 있다. 그 친구는 같은 동네, 같은 집에서 20년 넘게 사는 동안 동네 밖으로는 크게 벗어나 본 적이 없다며 우스갯소리로 자신을 '서울 촌놈'이라고 불렀다. 그 친구에게는 서울의 다른 부분이 여행지가 될 수 있는 것처럼 도시를 바라보는 시각만 바꿔도 쉽게 여행지를 찾을 수 있다.

즉흥적으로 떠나기 위해서는 교통편에 문제가 없어야 한다. 여행을 위해 이용할 수 있는 교통수단은 정말 많지만 대중교통, 그중에서도 지하철을 이용해서 갈 수 있는 곳을 소개하기로 했다. 여행을 위한 교통편으로 지하철을 고른 것은 개인적인 이유 때문이다. 20대 중반에 면허를 땄지만 도로주행 이후로는 서른이 넘도록 운전대를 잡아본 적이 없다. 휴일이면 차를 끌고 여기저기 다니는 사람들이 부럽기도 하고 캠핑과 차박이 유행하자 이제라도 운전을 본격적으로 시작해 보고 싶은 진지한 충동도 느꼈다. 하지만 자동차 할부금과 유지비를 계산해 보니 아직은 대중교통에 의지할 때라는 것을 깨달았다. 나처럼 대중교통과 두발이 최적의 교통수단인 사람들을 위해서 대중교통으로도 충분히 갈 수 있는 곳들만 엄선했다.

목차에서 알 수 있다시피 여행지를 지역 기준으로 서울 편, 수도권 편, 지역 편으로 분류했다. 서울 편과 수도권 편은 지하철역을 기준으로 가는 방법을 설명하고, 지역 편에서는 기차역이 기준이 되며 때에 따라서는 택시를 적극 활용하려고 한다. 또한, 지역의 역사를 간단하게 설명한 다음 둘러보기 좋은 코스와 여행 팁 그리고 짤막한 에피소드를 덧붙였다.

여행은 거창한 것이 아니다. 계획하고 짐을 싸고 낯선 곳으로 떠나야지만 여행이라는 편견에서 벗어나야 한다. 다른 곳으로 한 발자국만 내디뎌도 여행이 될 수 있다. 늘 맡던 공기와 늘 보던 풍경에서 벗어나고 싶은 충동을 느낀다면 이미 여행은 시작된 거다. 일상과 조금이라도 다른 것을 추구하는 것에서 여행의 첫 발을 내디딜 수 있다.

여별의 옷이며 화장품이며 여행용 가방을 꺼낼 필요조차 없다. 휴대전화, 밥 한 끼 먹을 돈, 그리고 교통카드만 있으면 충분하다. 이제 이 책을 들고 가까운 지하철역으로 가보자.

오늘 여행은 어느 역에서 시작할까?

III. 서울-도심 속 자연

IV. 수도권-서울에서 조금만 벗어나도

I.

서울,
한양으로 불리던 시절

한양의 역사는 광화문에서 시작된다
(경복궁역 ~ 광화문역)

예로부터 종로는 우리나라의 중심이었다. 조선왕조 500년의 역사를 고스란히 담고 있으며 지금도 서울의 주요 시설이 위치한 종로는 문화 및 상업의 중심지기도 하지만 관광의 중심지기도 하다. 그러한 종로의 중심에는 바로 경복궁이 있다. 경복궁은 외국인 관광객이 가는 곳이라는 인식이 강하다. 실제로도 경복궁은 여행안내 사이트에서 오랜 시간 대한민국 관광지 1위의 자리를 지켜왔다. 그만큼 국내외로 인지도가 높은 경복궁이지만 과연 우리는 경복궁에 대해 얼마나 알고 있을까?

서울 사대문 안에는 총 5개의 궁이 있다. 그중 자신의 이름으로 된 지하철역이 있는 궁은 경복궁이 유일하다. 지하철 3호선 경복궁역 5번 출구로 나가면 곧바로 경복궁 부지 안으로 들어갈 수 있지만 그럴 경우 경복궁의 정문인 광화문을 놓치게 된다. 경복궁역 4번 출구로 나온 후 뒤로 돌아 직진하여 거대한 광화문과 마주해보자.

외국인을 비롯한 수많은 관광객들로 항상 붐비는 광화문을 통과해 안으로 들어가면 모래가 휘날리는 넓은 부지가 나온다. 부지 오른쪽에는 경복궁 입장권을 판매하는 매표소가 있는데 대면으로도 구매가 가능하지만 직원들이 키오스크 구매를 권장하고 있다. 입장료는 성인 1인 기준으로 3,000원이지만 만 24세 이하이거나 만 65세 이상, 또는 한복을 입고 있다면 무료로 입장할 수 있다. 경복궁 안을 구경하려면 흥례문에서 입장권을 제시해야 하지만 표를 사지 않고도 볼 수 있는 것이 있다. 바로 수문장 교대의식과 광화문 파수 의식이다. 매표소가 있는 광장에서 각각 오전과 오후에 1회씩 진행하므로 관심이 있다면 미리 시간을 알아보고 가는 것이 좋다.

입장권을 내고 몇 걸음 더 들어가면 냇물이 흐르는 다리가 보인다. 다리를 건너 근정문을 지나면 왕이 업무를 보던 근정전이 나온다. 경복궁에 입장해서 가장 처음 만나는 건물이다 보니 사람이 제일 많고 경복궁을 상징하는 수많은 사진의 배경이기도 하다. 하지만 경복궁의 풍류는 근정전의 서쪽 문으로 나가야 느낄 수 있다. 왕실에서 연회를 열거나 외국 사신을 접대할 때 사용하던 경회루는 고즈넉한 멋을 풍긴다. 사실 경회루에는 실용적인 지혜도 숨어 있다. 경회루 연못은 궁궐의 화재를 진압하는 소화 시설을 담당했다. 그러나 안타깝게도 임진왜란 때 발생한 화재는 막지 못했다. 화재로 소실된 경복궁은 고종 때 재건되었고 완공 후 다시 왕실의 거처가 되었다.

연못이 있는 공간이 경복궁 안에 하나 더 있다. 재단장을 마치고 개방된 향원정이다. 조선 후기에 겪었던 일제의 만행 중 많은 사건이 경복궁에서 발생했는데 그중 을미사변이 일어났던 곳이 바로 향원정 뒤에 있는 건청궁이다. 조선왕조 500년의 시작과 끝에 위치한 경복궁은 일본과 얽혀있는 굴곡지고 가슴 아픈 역사를 담고 있다.

경복궁에는 두 개의 박물관이 있는데 그중 하나는 경복궁역 5번 출구와 연결되어 있는 국립고궁박물관이다. 입구가 있는 곳이 박물관 건물 2층이기 때문에 한 층씩 내려가면서 관람하거나 지하 1층에서부터 올라오며 관람하는 것을 추천한다. 2층에는 두 부류의 전시실이 있다. 하나는 언제든지 볼 수 있는 상설 전시로, 왕실 및 궁궐과 관련된 유물이 전시되어 있다. 반면, 입구의 정면과 오른쪽에 있는 기획전시실에서는 매번 다른 주제의 전시가 주기적으로 개최된다. 한 번은 도자기를 주제로, 또 한 번은 현판을 주제로 전시하는 등 볼거리가 풍성하다. 2층 전시를 둘러봤으니 이제 한 층 아래로 내려가 보자. 국립고궁박물관의 1층에는 대한 제국실이 별도로 마련되어 있다. 이로써 경복궁과 고종의 깊은 관계가 다시 한번 입증된다. 국립고궁박물관 뒤편에는 담 너머 밖으로 이어지는 출구가 있는데 그 출구로 나가면 서촌이 펼쳐진다.

서촌은 경복궁역 1~4번 출구 중 어느 곳으로 나와도 닿을 수 있다. 조선시대에는 경복궁과 가까워 양반과 중인이 살던 동네로 번성했지만 조선시대 이후에는 청와대와 가깝다는 이유로 오히려 개발과 멀어졌다. 개발의 혜택을 보지 못했던 것이 그때는 안타까웠을지 몰라도 그 덕분에 여전히 작고 낮은 건물들이 옹기종기 남아 있어 서촌만의 친근하고 정겨운 분위기를 만든다. 서촌은 세종마을 음식문화거리 덕분에 맛집으로도 유명한데 그 외에도 다양한 매력이 있다. 한복을 체험할 수 있는 한복 대여점이 즐비하며, 골목 곳곳에서 작은 책방을 찾을 수 있고, 옛날 통화인 엽전으로 음식을 사 먹을 수 있는 통인시장이 있다.

이제 경복궁의 동쪽을 둘러보기 위해 다시 경복궁으로 돌아가자. 앞서 경복궁에는 두 개의 박물관이 있다고 했는데 다른 하나는 국립민속박물관으로 향원정에서 북촌 방향으로 가면 볼 수 있다. 박물관 건물의 높은 외관에 비해 실제 전시실은 단층으로 이루어져 있다. 국립고궁박물관이 화려하고 격식 있는 왕실 생활을 전시해놓았다면 국립민속박물관은 소박하고 담백한 서민들의 생활을 전시하고 있다. 게다가 박물관의 야외 공간에 7080 거리까지 조성함으로써 단 하나의 박물관이 조선시대와 근현대를 모두 아우르고 있다.

국립민속박물관에서 가까운 출구는 북촌으로 연결되며 길 건너 맞은편에는 국립현대미술관이 있다. 국립현대미술관은 수도권에 총 3개의 전시관을 두고 있으며 삼청동에 있는 것이 그중 하나인 서울관이다. 전시는 상설 전시와 기획 전시로 나뉘는데 무료로 입장 가능한 상설 전시와 다르게 기획 전시 관람 시에는 입장료를 내야 할 수도 있다. 국립현대미술관을 방문했을 때 가장 놀랐던 점은 옛날 국군 기무사령부 터가 이렇게 변했다는 사실도 아니고 아직은 익숙하지 않은 현대 미술의 세계도 아니었다. 바로 미술관 이용 시 주의사항이었다. 주의사항으로 연인 간의 애정 행각을 허용한다는 안내가 전광판에 흘러나오는 것이 아닌가. 이것이야말로 '현대'적인 미술관과 여느 박물관의 가장 큰 차이라 할 수 있다.

경복궁을 중심으로 봤을 때 북촌은 국립현대미술관을 기점으로 시작된다. 북촌은 조선시대에 양반이 거주했던 동네로 삼청동, 가회동, 안국동의 일부가 북촌에 포함된다. 북촌에서 가장 유명한 북촌 한옥마을은 삼청동과 가회동에 걸쳐 있는데 관광지로 알려져 있지만 지금도 사람이 살고 있는 주거지다. 그렇다 보니 북촌 한옥마을 곳곳에서 조용히 구경해달라는 안내 문구를 볼 수 있다.

북촌 한옥마을에서 아래로 내려가면 다양한 맛집과 카페가 몰려 있는 골목이 나온다. 골목에 있는 가게 역시 북촌 한옥마을의 기운을 받아 완벽한 한옥은 아니더라도 지붕에 기와 정도는 얹었다. 게다가 다국적 프랜차이즈 가게마저도 한옥 분위기를 풍기며 우리나라만의 특색이 들어간 메뉴를 판매하고, 가회동에 있는 가톨릭 성당은 한옥을 사용한다. 이쯤 되니 상호 뒤에 북촌이 붙거나 주소지가 북촌에 있으면 자연스럽게 한옥을 상상하게 된다. 하지만 북촌이라고 해서 늘 예스럽기만 한 것은 아니다. 3시간을 기다려야 들어갈 수 있다는 유명한 베이글 가게도 있으며 포르투갈식 에그타르트를 파는 가게도 찾을 수 있다. 북촌의 매력은 과거와 현재의 공존이자 동서양의 만남이다.

북촌의 율곡로3길은 넓은 돌담길로 이루어져 있어서 가게가 빽빽하게 들어선 골목에서 빠져나와 잠시 숨을 고르기에 좋다. 돌담길을 따라 걸어내려가면 최근에 개관한 국립공예박물관이 나온다. 국립공예박물관 부지 곳곳에 의자가 배치되어 있어서 잠시 앉아 지친 다리를 쉬게 할 수 있다. 운이 좋다면 박물관 앞 계단에 앉아 버스킹 공연을 관람할 수도 있다.

어느 늦여름 주말 오후에 우연히 젊은 바이올리니스트의 버스킹 공연을 관람했다. 연주자는 검은색 반팔 티셔츠를 입고 있었는데 티셔츠 소매 아래로 까맣게 탄 팔이 보였다. 그의 바이올린 연주에 따라 소매가 위아래로 움직일 때마다 소매 아래로 보이는 팔과 대조되는, 뽀얀 안쪽 팔이 보였다. 그의 열정에 감탄한 많은 사람들이 박물관 앞 계단에 앉아 연주를 감상하고 박수를 보냈다.

국립공예박물관은 열린 송현 녹지 광장과 마주한다. 초가을이면 광장에는 코스모스가 만발하고 밤에는 둥그런 조명이 예쁜 빛을 내뿜는다. 광장에 난 길을 따라 산책하기에도 좋고 꽃과 조명을 배경 삼아 사진 속에 추억을 담을 수도 있다.

지금까지 둘러본 경복궁 일대의 단점을 하나 꼽자면 바로 화장실이다. 서촌이든 북촌이든 개방화장실을 찾기가 힘들고 화장실을 쓰려면 음식점에 들어가야 하는 경우가 다반사다. 그렇기 때문에 박물관이나 미술관이 보이면 미리 화장실을 가두는 것이 좋다. 경복궁 야외 주차장 쪽에도 무료로 화장실이 개방되어 있으니 길을 떠나기 전에 들르도록 하자. 경복궁 주변에서는 화장실을 갈 수 있을 때 가야 한다.

이제 광화문 아래로 내려가 보자. 새롭게 단장을 마친 광화문 광장은 이순신 장군 동상과 세종대왕 동상의 위엄은 그대로 유지하면서 더 많은 사람을 품을 수 있도록 넓어졌다. 여름이면 분수가 나오고 겨울이면 등불 축제와 크리스마스 마켓이 열려서 많은 사람들이 함께 즐길 수 있다. 광장은 지하철 5호선 광화문역 9번 출구와 이어지는데 지하 공간에도 독서가 가능한 공간과 휴게실이 마련되어 있다.

광화문 한 중간에 위치한 대극장 지하에도 무료 전시실이 조성되어 있다. 세종대왕과 이순신 장군, 그리고 거북선에 대한 정보를 알 수 있으며 영상으로도 시청할 수 있다. 특히, 축소 모형이기는 하지만 거북선 모형이 전시되어 있어 배 안으로 들어가 볼 수도 있다. 지하에 조성되어 있지만 지하철역과 연결되지는 않기 때문에 반드시 극장을 통해

서 들어가야 한다.

아기자기한 건물로 이루어진 경복궁 주변의 서촌 및 북촌과는 달리 광화문 주변에는 고층 건물이 앞다투어 서 있다. 광화문 광장 맞은편에 위치한 대한민국역사박물관 역시 주변 건물에 주눅 들지 않는 높이다. 대한민국역사박물관은 우리나라의 역사 중에서도 근현대사를 위주로 전시하고 있다. 심지어 아이돌 가수를 응원할 때 사용하는 응원봉까지 전시되어 있는 것을 볼 수 있다.

광화문역 4번 출구로 나와서 종로 방향으로 걸어가면 한때 피맛골로 불리던 곳이 나온다. 옛날 광화문 일대는 궁궐 주변으로, 양반이 거주하던 지역이었다. 당시 서민들은 양반이 탄 가마나 말이 지나가면 절을 하며 길을 비켜야 했다. 그렇다 보니 말이나 가마가 지나다니기 힘든 좁은 골목으로 모이기 시작했고 '말을 피하는 골목'이라는 의미로 피맛골이라 불렀다. 사람이 모이는 곳에는 당연히 맛집이 들어서기 마련이며 피맛골도 예외가 아니었다. 지금의 피맛골은 이름만 남았을 뿐 고층 건물에 둘러싸여 세련되어졌지만 여전히 다양한 음식점이 들어서 있어 사람들의 입맛을 당기고 발걸음을 붙잡는다.

경복궁에서 시작해 종로 피맛골로 이어진 여행은 우리나라의 역사를 오롯이 품고 있다. 광화문 일대의 매력은 우리의 역사를 박물관에서뿐만 아니라 거리 어디서든 느낄 수 있다는 데 있다. 우리가 무심코 지나치는 광화문의 대형 서점 건물 앞에 고종 즉위 40년을 기념하는 비가 세워져 있는 것처럼, 그리고 피맛골과 접한 대로변에 옛 건물 터를 보존해놓은 것처럼 말이다. 이제 역사 자체가 되어버린 광화문에서 우리는 지금도 그 위에 우리의 역사를 쌓는다.

오늘 여행은 어느 역에서 시작할까?

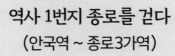

역사 1번지 종로를 걷다
(안국역 ~ 종로3가역)

경복궁에서 동쪽으로 걸어가도 북촌 한옥마을과 삼청동을 만날
수 있지만 지하철 3호선 안국역에서 내려 1~3번 출구로 나오면 바로
삼청동으로 이어진다. 지난 편에서 삼청동을 충분히 돌아봤으니 이번
에는 길 건너편으로 넘어가서 삼청동의 반대쪽에는 무엇이 있는지 살
펴보자.

안국역 6번 출구 앞은 늘 붐빈다. 그럴 수밖에 없는 것이 대표적인
관광지인 인사동으로 연결되기 때문이다. 지금의 인사동은 전통문화
를 엿볼 수 있는 곳이지만 사실 인사동의 시작은 명예롭지 못했다. 일
제강점기 동안 수많은 일본인들이 우리나라의 골동품이나 고미술품
들을 사들였던 주요 장소 중 하나가 인사동이었기 때문이다. 골동품

거리로 입지를 굳힌 인사동은 이후 미술상들이 들어서면서 두 차례의 전환기를 맞는다. 인사동이 화랑으로 유명해진 것이 첫 번째 전환기고 공식적으로 '전통문화의 거리'로 지정된 것이 두 번째 전환기다. 인사동은 비록 문화재 수탈의 본거지라는 쓰디쓴 과거를 품고 있지만 마치 자신의 업보를 씻어내듯 지금은 앞장서서 우리나라의 전통과 문화를 알리고 있다.

전통문화의 거리라는 이름에 걸맞게 인사동에는 다수의 전통찻집과 한식 전문점이 입점해있으며 노리개, 비녀 또는 부채와 같이 전통적인 장식품을 파는 가게도 쉽게 찾을 수 있다. 그렇다 보니 외국인 관광객이 한국적인 기념품을 사기에도 좋고 우리나라 사람들이 해외여행을 가기 전에 현지인들을 위한 선물을 사기에도 좋다. 나 역시 해외로 교환학생을 떠나기 전에 이곳에서 지퍼 달린 복주머니를 여러 개 사가지고 가서 현지인 룸메이트들에게 나눠줬다.

앞서 말했듯 인사동은 화랑으로도 유명한데 무료로 개방되어 있는 화랑에 들어가 미술 작품을 감상할 수도 있다. 주말에는 인사동 일대가 차 없는 거리로 지정되어 도보로 구경하기에 더 좋다.

인사동을 처음 방문했다면 커다란 쌍시옷 간판이 걸린 건물 안으로 들어가자. 이곳은 인사동 거리 한쪽에 커다랗게 자리 잡은 복합문화공간이다. 하나의 건물이 사각형의 광장을 둘러싸고 있는 모양으로, 다르게 보면 한가운데가 뚫린 사각형처럼 보이기도 한다. 건물의 경

오늘 여행은 어느 역에서 시작할까?

사로를 따라 올라가다 보면 어느새 층수가 달라져 있는 것이 매력이다. 아무런 계획 없이 방문해도 구경거리와 먹을거리가 충분하지만, 다양한 체험을 할 수 있는 곳 또한 마련되어 있어서 사전에 온라인으로 예약하고 간다면 더 풍성하게 즐길 수 있다.

북적북적한 인사동 거리를 끝까지 걸어가면 탑골공원이 나온다. 종로3가역 1번 출구와도 가까운 탑골공원은 우리나라의 역사에서 공원 그 이상의 의미를 지닌다. 1919년 3월 1일 독립선언서가 읽히고 대한 독립만세가 울려 퍼진 곳이 바로 탑골공원이기 때문이다. 그날을 기억하기 위해 공원에는 독립선언서가 읽히는 현장을 묘사한 서판이 있다.

사실 이곳이 처음부터 공원이었던 것은 아니다. 고려 시대에는 흥복사라는 절이 있었으며 조선시대에는 원각사로 불렸다. 이후 건물은 헐렸지만 원각사지 십층석탑만 그대로 남았다. 고종 때 이르러 절이 었던 이곳이 공원으로 재탄생했으며 탑이라는 의미의 '파고다'를 붙여 파고다공원이 되었다. 하지만 사람들이 파고다공원보다는 탑골공원이라 부르면서 지금의 이름이 자리를 잡았고 결국 공식 명칭이 되었다.

격동의 역사를 보낸 탑골공원은 국보 2호로 지정된 원각사지 십층석탑이나 3·1운동의 발상지보다도 노인들의 휴식처로 더 많이 알려져 있어 한동안 젊은 사람들의 발길이 뜸했다. 하지만 최근 주말에 찾은 탑골공원의 분위기는 예전과 달랐다. 탑 앞에서는 부모가 아이에게 역사를 설명해 주고 있었고 손을 꼭 잡은 연인이 느린 걸음으로 공원을 산책하고 있었다.

탑골공원을 비롯한 종로 일대는 요즘 세대에게 인기 있는 동네는 아니었다. 흑백 사진 속 젊은이들이 몰려 있던 종로는 세대가 바뀌면서 옛날 동네가 되어버렸다. 그러나 몇 년 전부터 종로가 다시 주목받기 시작했다. 젊은 세대 사이에서 익선동의 매력이 입소문을 타고 퍼진 것이 발단이었다. 지하철 1호선, 3호선, 5호선 등 3개 노선이 만나는 종로3가역의 6, 7번 출구로 나오면 좁은 골목길에 작은 건물들이 다닥다닥 붙어 있는 익선동이 보인다. 익선동은 조선시대 서민들이 살던 동네였는데, 그렇다 보니 양반들이 살던 북촌과는 다른 모습의 한옥이 보존되어 있다.

익선동이 SNS를 타고 사람들을 불러 모으면서 두 명이 겨우 지나갈 만한 골목에 사람들이 줄지어 가는 진풍경이 펼쳐진다. 주말이면 익선동 어느 골목이든 겨우 발을 디딜 수 있을 만큼의 공간만 차지할 수 있으며 조금이라도 알려진 음식점은 대기 없이는 들어가지도 못한다. 익선동의 매력은 우리나라의 젊은 세대를 넘어 외국인 관광객 사이로도 퍼져나가고 있다.

익선동의 골목을 걷고 있던 어느 날, 저 앞에 금발 머리의 외국인 여성 두 명이 걸어가는 것이 보였다. 1900년대 초반에나 입었을 법한 짙

오늘 여행은 어느 역에서 시작할까?

은 붉은색과 녹색의 원피스를 입은 모습은 주변 풍경과 너무나도 잘 어울렸다. 순간 내가 100년 전으로 시간 여행을 한 것은 아닌지 착각할 정도였다.

국적을 가리지 않는 맛집과 시대를 나누지 않는 카페에서 충분히 즐겼다면 이제 슬슬 과밀 상태의 익선동이 답답하게 느껴질 것이다. 그렇다면 익선동을 빠져나와서 삼일대로를 따라 안국역방향으로 걸어가 보자. 이렇게 차이가 날 수 있을까 싶을 정도로 거리에 사람이 없어 숨통이 트인다. 게다가 운현궁의 돌담길을 따라 걸으니 한옥의 운치까지 제대로 느낄 수 있다.

운현궁은 궁궐이지만 왕이 살던 곳은 아니고 왕의 아버지, 즉 고종의 아버지인 흥선대원군이 살던 곳이다. 지금의 운현궁은 궁궐이라 하기엔 소박해 보일지 몰라도 흥선대원군이 살던 시절은 지금보다 훨씬 넓은 부지를 차지했으며 창덕궁으로도 이어졌다. 지금은 그중 일부만이 남아 있어 그때의 위용을 짐작하기 어렵지만 여전히 운현궁만의 고즈넉한 위엄을 간직하고 있다.

운현궁에서 가장 눈에 띄는 것은 단층의 짙은 한옥들 틈으로 우뚝 솟은 서양식 건물이다. 이 건물은 운현궁의 양관으로, 화려한 서양 건축 양식으로 지어졌다. 현재는 사립대학교 부지 내 위치해 있어서 아쉽게도 일반인에게 개방되지 않는다. 운현궁 뒤편에서 겨우 보이는 양관의 지붕으로 아쉬움을 달랠 수밖에 없다.

흥선대원군이 살던 시절 운현궁에는 창덕궁과 연결되는 문이 있었을 정도로 창덕궁과 운현궁은 가까이 위치해 있다. 운현궁에서 북쪽으로 올라가면 안국역이고, 안국역과 연결되어 있는 또 다른 궁궐이 바로 창덕궁이다. 창덕궁은 경복궁에 이어 조선 왕조를 대표하는 궁궐이다. 임진왜란 때 경복궁뿐만 아니라 창덕궁도 전소되었는데 임진왜란 이후 광해군은 창덕궁을 다시 지었고 조선 후기에 경복궁이 재건되기 전까지 왕의 주요 거처였다.

창덕궁과 경복궁의 역할은 동일하지만 두 궁궐은 서로 다른 분위기를 풍긴다. 경복궁의 전각이 대칭구조를 이루는 반면 창덕궁의 전각은 최대한 자연을 훼손하지 않기 위해 동쪽으로 치우쳐 있다. 자연과 어우러진 창덕궁의 건축 구조는 세계적으로 인정받았으며, 창덕궁은 서울 소재 궁궐 중 유일하게 세계문화유산으로 등록되었다.

창덕궁의 가장 안쪽에 위치한 대조전은 왕실의 침실로 쓰였던 건물인데 우리나라의 전통적인 궁궐 양식과 근대 양식이 어우러진 모습이다. 조선 초기부터, 근대 문물이 유입되던 조선 말기까지 사용되었던 대조전의 전반적인 건축 양식은 궁궐의 다른 전각과 다르지 않다. 그러나 서양식 마루를 깔고 유리 등갓을 씌운 조명 아래에 근대식 가구를 비치한 것은 특징적이다. 근대 문물이 유입된 흔적은 대조전 옆 수라간에서도 찾을 수 있다. 겉보기에는 여느 수라간과 다르지 않지만 내부는 개수대와 오븐이 설치된 근대식 부엌이다.

창덕궁과 자연 풍경의 조화는 건축 구조에만 해당되는 것이 아니다. 창덕궁의 후원은 아름답기로 유명하며 가을에는 한 폭의 그림과 같은 풍경이 펼쳐진다. 단풍과 연못, 건물이 잘 어우러져서 아무렇게나 사진을 찍어도 엽서가 된다. 창덕궁의 후원으로 들어가려면 창덕궁 입장권과 더불어 별도의 입장권을 구매해야 한다. 후원 관람은 시간제로 운영되며 사전예약과 현장 예약 모두 가능하다. 단, 아름다운 만큼 사람이 몰려서 사전예약을 하지 않으면 입장이 어렵다. 특히 가을에는 예약 경쟁이 무척 치열해서 미리 예약 일정을 확인하는 것을 추천한다. 참고로, 창덕궁 입장료는 경복궁과 동일하다. 기본으로 1인당 3,000원이지만 만 24세 이하 또는 만 65세 이상, 한복을 입었을 경우에는 무료로 입장할 수 있다.

창덕궁은 바로 옆에 있는 창경궁과 이어진다. 창경궁은 창덕궁의 형제 궁궐이며 조선시대 왕실의 여인들이 거주하던 곳이다. 창경궁 역시 임진왜란 때 전소되었으나 창덕궁과 마찬가지로 광해군 때 재건되었다. 창경궁에는 전반적으로 우아한 매력이 흐른다. 게다가 창덕궁에 비해 관람객이 적어 여유롭기도 하다. 하지만 창경궁은 서울 소재 궁궐 중 가장 많은 역경을 겪었다. 임진왜란 때 전소된 것이야 다른 궁궐도 당한 변이지만 창경궁은 일제강점기에 창경원으로 격하되는 수모를 당했다. 일제는 창경궁을 유원지로 만들어 각종 동물과 식물을 들여놓았고 수 천 그루의 벚꽃나무를 심었다. 창경궁이 원래의 권위를 되찾은 것은 해방이 되고 나서도 한참 후였다.

조선시대부터 근대에 걸쳐 종로는 사람들이 모이는 핵심 장소였고 그만큼 수많은 역사의 흔적이 남아 있는 곳이다. 지금은 역사 1번지가 된 종로를 다음 장에서 더 깊숙이 걸어가 보자.

오늘 여행은 어느 역에서 시작할까?

근대시대의 종로를 만나다
종로5가역 ~ 종로3가역 ~
종각역 ~ 을지로입구역 ~ 시청역

창덕궁 앞 율곡로에 줄지어 선 은행나무는 가을이면 샛노란 은행
잎으로 거리를 눈이 부시게 밝힌다. 이토록 아름다운 율곡로지만 사
실 탄생 배경은 아름답지 못하다. 조선시대에 창덕궁과 창경궁, 종묘
는 하나로 연결되어 있었다. 그러나 일제강점기 당시 일제는 조선의
맥을 끊겠다는 의미로 창덕궁과 종묘 사이를 가로지르는 도로를 개통
했다. 그 도로가 바로 율곡로다.

그 이후로 약 한 세기가량 분리되어 있던 유적지 세 곳은 2007년 창
경궁-종묘 연결 역사 복원 사업으로 다시 하나가 되었다. 복원 사업이
한창이던 때 버스를 타고 율곡로를 지나면 '창덕궁과 종묘가 연결됩

니다.'라는 방송이 흘러나오곤 했다. 드디어 2022년 7월, 복원 사업을 마치고 새로운 율곡로가 탄생했다. 재탄생한 율곡로의 일부는 터널로 덮여 차도가 되었고 그 위로는 보행로가 조성되었다.

창덕궁 관람을 마치고 푸른 나무가 심어진 보행로를 건너 종묘가 있는 곳으로 건너가는 것은 도보 여행객들만이 해볼 수 있다. 율곡 보행로의 한 가지 아쉬운 점은 보행로를 통해 바로 종묘로 들어가는 입구가 없다는 것이다. 보행로는 종묘의 뒷담으로 이어지는데 종묘 내부로 들어가기 위해서는 담장을 따라 내려가 정문으로 가야 한다. 하지만 첫 술에 배부를 수 없는 것처럼 창덕궁과 종묘가 다시 연결되어 끊겼던 맥이 이어졌다는 것에 의의를 두고 싶다.

지하철 종로3가역 7, 8, 11번 출구와 연결되는 종묘는 창덕궁과 마찬가지로 세계문화유산으로 지정되었다. 조선시대에는 종묘에 왕과 왕비, 사후 왕의 칭호를 받은 왕과 그의 왕비의 신주를 모시고 제사를 지냈다. 조선의 명맥을 상징하는 왕실의 사당인 종묘로 들어가려면 성인과 외국인일 경우 1,000원의 관람료를 내고 입장권을 구매하면 된다. 고궁과 마찬가지로 일부 조건에 해당하면 무료로 관람할 수 있다.

종묘에 들어서면 입구 쪽은 잘 가꾸어진 정원처럼 보이지만 안으로 깊숙이 들어갈수록 자연 그대로의 모습에 가까워진다. 종묘는 날씨 좋은 주말에도 사람들로 붐비지 않아서 한적한 옛 정취를 즐길 수 있다. 칠이 벗겨진 기둥과 기와를 통해 지난 세월을 가늠할 수도 있다. 종묘 관람의 단점을 꼽자면 앉을 곳이 많지 않다는 것이다. 영상 시청 공간을 제외하면 입구로부터 꽤 떨어진 곳에서 처음으로 의자를 발견할 수 있다. 그렇기 때문에 체력이 넉넉할 때 종묘를 방문하는 것을 추천한다.

종묘 정문 앞으로는 광장이 펼쳐져 있는데 광장 건너편에는 일직선으로 상가 단지가 뻗어있다. 종묘 맞은편에 위치한 상가 단지는 우리나라 최초의 주상복합아파트다. 그러나 점차 주거단지보다는 전자상가로 유명해졌는데 이후 서울 곳곳에 대규모 아파트 단지가 건설되고 입점해있던 가게들마저 자리를 옮기면서 명성을 잃었다.

그러나 상가를 다시 세우자는 프로젝트가 착수되면서 지금의 모습을 갖추게 되었다. 종묘 맞은편부터 호텔까지 이어지는 상가 단지는 전부 도보로 연결된다. 예전의 모습을 떠올리게 하는 전자제품 가게들도 아직 남아 있지만 지금은 카페, 음식점, 취미를 위한 작은 가게들이 새롭게 들어섰다. 저녁이면 상가 전체에 조명이 켜져 분위기를 더한다. 하나의 상가에서 다른 상가로 넘어가는 다리 위에서는 양쪽으로 쭉 뻗은 청계천을 내려다볼 수 있다. 재조성된 상가 단지는 상가만 다시 세운 것이 아니라 분위기와 문화까지 새로 세웠다.

상가에서 종로5가역 방향으로 가거나 종로5가역 7, 8번 출구로 나오면 외국인 관광객들에게도 유명한 광장시장이 나온다. 놀랍게도 광장시장의 역사는 1905년부터 시작된다. 꼬마김밥과 빈대떡, 국수로 유명한 시장답게 시장 골목 사이사이로 기름진 음식 냄새가 퍼진다. 늘 붐비다 보니 유명한 가게는 대기가 기본이다. 사람들에게 떠밀려 다니다 보면 분명 이것저것 많이 먹었는데도 허기가 느껴질 정도로 기가 빨린다.

광장시장을 나와 다시 상가 방향으로 걸어보자. 상가를 가로질러 종로3가역으로 걸어가면 반대편에 종로 귀금속 거리가 있다. 온갖 귀금속, 폐물, 반지를 맞출 수 있는 곳이라 관광객보다는 예비부부가 주 고객층이다. 그래서 예물뿐만 아니라 혼주 한복처럼 결혼에 필요한 부차적인 물품을 파는 가게도 함께 들어서 있다.

종로 거리는 탑골공원을 기점으로 분위기가 달라진다. '종각 젊음의 거리'라는 거리 이름 때문인지 젊은 층의 유동인구가 급격히 증가한다. 사실은 이름보다도 거리 주변이 회사 밀집 구역이기 때문이다. 젊음의 거리에서 조금 더 걸어가면 왼쪽으로 꺾어지는 코너에 보신각이 있다. 보신각은 젊음의 거리를 통해 올 수도 있지만 종각역 4번 출구로 나와도 볼 수 있다. 새해를 앞둔 날이 아니면 보신각 앞은 늘 한산하다. 하지만 새해 전 날에는 보신각 앞 보도뿐만 아니라 교차로까지 인파로 가득 채워진다. 새해로 넘어가는 자정이 되면 33번의 타종 행사가 보신각에서 펼쳐진다. 타종 행사는 1953년부터 이어져 오고 있으며 코로나 팬데믹 기간에는 온라인으로 진행되어 전통을 유지했다.

오늘 여행은 어느 역에서 시작할까?

보신각을 지나 청계천 방향으로 걸어 내려오면 을지로입구역 7, 8번 출구를 중심으로 5성급 호텔이 늘어서 있다. 을지로입구역 8번 출구와 가까운 환구단은 심지어 호텔로 둘러싸여 있다. 환구단은 대한제국 시대에 고종의 황제 즉위식이 거행되고 나라의 안녕을 기원하는 제사를 지내던 곳이다. 본래는 지금보다 넓었으나 일제강점기에 축소되어 지금의 모습이 되었다.

환구단 옆에는 유명 다국적 프랜차이즈 카페가 있다. 지점 이름을 '환구단점'이라 붙인 것에 책임을 다하듯 가게가 기와를 얹은 한옥 형태다. 카페 창가 자리는 통유리로 밖에서도 내부를 볼 수 있는 구조인데 창가 자리에는 전부 교자상과 방석이 놓여 있다. 밖에서는 보이지 않는 안쪽 자리는 평범한 카페 좌석이지만 벽에는 우리나라 전통 그림이 걸려 있고 그 옆에는 병풍이 서 있다.

시청으로 가던 중 우연히 환구단점 카페를 발견하고는 창가 자리에 앉아보고 싶어 무작정 카페 안으로 들어갔다. 마침 원하던 자리가 비어 있어서 냉큼 자리를 잡았다. 한옥스러운 분위기는 좋았으나 내 몸은 한옥스러움에 적응하지 못했다. 한참을 양반다리로 앉아 있었더니 다리가 저려왔다. 그렇지만 여느 카페에서도 볼 수 있는 평범한 좌석으로 옮기고 싶지는 않아서 다리를 폈다 굽혔다 반복하며 음료를 다 마실 때까지 방석 자리를 떠나지 않았다.

카페에서 나와 길을 건너거나 시청역 5번 출구로 나오면 서울광장으로 이어진다. 평소에는 잔디가 깔린 평범한 광장이지만 가을에는 야외 도서관이 되고 겨울에는 크리스마스트리와 함께 아이스 링크장이 설치된다. 광장 앞 시청은 서울 시청의 옛 건물과 신축 건물이 앞뒤로 있어서 보는 재미가 있다. 현재 구 시청사는 서울도서관으로 사용된다. 도서관으로 들어가기 위해 커다란 문을 여는 것만으로도 시간 여행을 하는 기분이다. 건물의 대부분은 도서관으로 사용되지만 시청으로 사용되던 시절을 간직한 공간도 있다. 도서관 일부 공간에서는 서울의 과거와 현재를 볼 수 있는 서울기록문화관과 2008년까지 사용됐던 시장실을 구경할 수 있다.

서울광장에서 길을 건너거나 시청역 2번 출구로 나오면 덕수궁이 보인다. 덕수궁은 조선 후기 전까지 왕의 임시 거처로 사용되기도 했으나 역사적으로 큰 의미가 있는 공간은 아니었다. 덕수궁이 지금과 같은 모습을 갖추기 시작한 것은 고종이 러시아 공사관에서 돌아온 이후다. 러시아 공사관을 떠나 환궁한 고종은 대한 제국을 선포했다. 바로 이 시기부터 덕수궁이 우리나라 역사에서 중요한 궁궐이 되었는데 이로 인해 덕수궁에는 대한 제국의 역사가 고스란히 남아 있다.

덕수궁에서 가장 눈에 띄는 건물은 서양 건축 양식으로 지어진 건물이다. 이제는 대한제국역사관으로 불리지만 그 이전에는 석조전이라 불렸다. 황가의 거처였던 석조전은 2014년에 복원을 마치고 대한제국역사관이란 새 이름을 갖게 되었다. 예약을 통해 관람이 가능한 대한

오늘 여행은 어느 역에서 시작할까?

제국역사관의 내부는 전시실의 전형적인 개념을 뛰어넘는다. 응접실, 식당, 침실, 화장실 등 모든 공간을 당시 모습 그대로 복원해놓았다. 곳곳에서 대한 제국 황실의 오얏꽃 문장을 발견할 때면 애국심에 고취되기도 한다. 건물 지하 전시실에서는 앞서 소개한 환구단에서 제사를 지내는 사진을 볼 수 있다. 한편으로 대한제국역사관은 우리나라의 아픈 과거 또한 기억하고 있다. 일제가 우리나라를 식민지로 만들려는 순간의 사진과 6·25전쟁 당시 석조전 앞에서 카드놀이를 하는 미군의 사진도 역사관 내부에 걸려 있다.

대한제국역사관은 복합문화공간으로도 사용되는데 매월 마지막 주 수요일 문화가 있는 날 저녁이면 음악 공연을 선보인다. 석조전 음악회는 예약이 치열해서 공연 일주일 전 오전 10시에 딱 맞춰 신청해야 한다. 석조전 공연을 보려고 갔다가 조명이 켜진 덕수궁 야경을 보는 것은 덤이다.

덕수궁 주변으로는 돌담길을 따라 산책로가 조성되어 있다. 덕수궁 돌담길에 대해 전설처럼 내려오는 이야기가 있는데 연인이 덕수궁 돌담길을 걸으면 이별한다는 것이다. 하지만 지금은 그저 미신으로 치부되어 돌담길을 걷는 수많은 연인을 목격할 수 있다. 어차피 만날 사람은 계속 만나고 헤어질 사람은 언젠가 헤어지게 되어 있다. 이별을 받아들일 수 없는 누군가가 자신의 인연이 닿지 않음을 핑계 대고 싶어 만들어낸 얘기가 아닐까?

어느 노래 가사처럼 덕수궁 돌담길을 따라 걸으면 미술관을 지나 교회를 만날 수 있다. 너무 덥지 않은 여름날 저녁, 돌담길을 따라 걸었던 날을 잊지 못한다. 돌담길의 감성을 느끼고자 시청역에서부터 덕수궁을 지나 걷기 시작했다. 한여름이 찾아오기 전 잠깐의 선선한 날씨에 취해 발길 가는 대로 걸었다. 그러다 서소문로11길로 빠졌고 돌담길의 감성은 갖고 있으나 돌담길보다 훨씬 조용한 길을 발견하게 되었다. 선선한 바람을 맞으며 낮 동안 흘렸던 땀을 식히기에 알맞은 여유와 감성이 흐르는 길이었다.

북적북적한 도시와 정취가 넘치는 도시를 모두 느낄 수 있는 종로. 종로의 매력은 역사로 뒤덮여 파면 팔수록 이야깃거리가 샘솟는다는 것이다. 종로를 걸으며 오래전 또는 바로 어제 누군가 추억을 쌓았을 장소에 나의 추억을 한 겹 더 얹는 영광을 누린다.

오늘 여행은 어느 역에서 시작할까?

서대문에서 난 마을, 박물관이 되다
서대문역 ~ 독립문역

지구를 오대양과 육대주로 나누는 것처럼 옛 서울, 즉 한양을 나누는 기준은 사대문과 오대궁이라 할 수 있다. 오대양과 육대주가 어우러져 지구를 구성하듯 사대문으로 둘러싸인 한양에는 오대궁이 자리한다. 마치 짝처럼 붙는 이름이지만 모든 사대문과 오대궁이 가까이 자리한 것은 아니다. 그중에서 유일하게 서대문과 경희궁만이 가까이 붙어 있었다.

경희궁은 광해군 때 지어진 별궁이며 조선 후기 많은 왕들이 지내던 곳이다. 경희궁의 본래 모습은 지금보다 훨씬 더 크고 수많은 전각으로 채워져있었으나 일제강점기에 일본인 학교가 경희궁 자리에 들어서면서 건물이 헐리고 규모도 축소되었다. 경희궁이 복원작업을 거쳐 대중에게 공개된 것은 2000년대에 들어선 후다.

지하철 5호선 서대문역 4번 출구로 나와 직진하면 경희궁 입구를 찾을 수 있다. 월요일은 휴관이며 다른 요일에는 오전 9시부터 오후 6시까지 관람할 수 있다. 서울의 다른 고궁들은 입장료를 받지만 경희궁에는 입장료가 없다. 그렇지만 입장료를 받는 다른 고궁들보다 훨씬 한적하다. 게다가 부지가 넓지 않아 전부 둘러보는 데 시간이 오래 걸리지 않는다.

경희궁 가장 안쪽에 위치한 태령전에서는 영조의 어진을 볼 수 있다. 영조는 조선 왕 중 경희궁에서 가장 오래 머물렀던 왕이다. 태령전 뒤로는 거대한 암석인 서암이 있는데 왕암이라고도 불린다. 바로 이 서암에서 왕의 기운이 흘러나온다고 알려져 있기 때문이다.

경희궁 관람이 끝났다면 바로 그 옆에 있는 서울역사박물관으로 가보자. 2002년에 문을 연 서울역사박물관은 수도 서울의 역사를 전시한다. 박물관 부지에 들어서면 가장 먼저 옛 전차를 볼 수 있다. 도시락 통을 건네주려고 서두르는 엄마와 학생의 모습이 전시되어 있어 등굣길의 긴박한 상황을 짐작할 수 있다. 박물관 야외공간에 전시된 전차 381은 38년 동안 실제로 서울 시내를 누볐던 전차로 운영 시간에 맞춰 가면 전차 내부를 구경할 수도 있다. 전차를 타보지 못한 세대에게는 과거로의 여행 또는 드라마 속 한 장면처럼 느껴질 것이다.

오늘 여행은 어느 역에서 시작할까?

박물관 건물 안으로 들어가면 광활한 크기의 로비에 놀랄지도 모른다. 서울역사박물관의 전시는 기획 전시와 상설전시로 나뉘는데 그중 기획 전시는 별도의 전시실도 사용하지만 광활한 로비를 전시공간으로 쓰기도 한다. 박물관에게 로비란 생각보다 중요한 공간이다. 박물관이라는 특성상 학생 단체 등 단체 관람객을 수용할 일이 많은데 로비가 넓으면 밀집도를 줄일 수 있어 쾌적한 관람 환경을 조성하고 이제 막 박물관에 도착한 관람객에게 여유로운 첫인상을 줄 수 있다.

상설전시는 조선시대부터 대한 제국기, 일제강점기, 그리고 지금의 대한민국에 이르기까지 서울이 어떤 모습으로 어떻게 변화했는지를 보여준다. 서울의 역사를 한눈에 알 수 있는 곳이라서 서울로 여행을 왔다면 여행 초기에 방문하는 것을 추천한다. 도시에 대해서 알게 된 후 도시를 둘러보면 새로운 관점으로 바라볼 수 있다.

서울역사박물관의 하이라이트는 3층에 위치한 도시모형영상관이다. 커다란 방에 서울 디오라마를 펼쳐놓은 형태로, 한 바퀴를 돌며 서울 구석구석을 살필 수도 있고 계단을 오르면 서울을 내려다볼 수도 있다. 서울 시민이라면 우리 집이 어디에 있는지, 관광객이라면 숙소가 어디에 있는지 등 저마다 서울과의 연고를 찾기 바쁘다. 조명에 따라 서울의 야경이 펼쳐지고 벽면 스크린에서는 서울의 아름답고 다양한 명소를 담은 영상이 재생된다.

지금까지 줄곧 서대문역을 언급했지만 사실 서대문역에서는 서대문을 찾을 수 없다. 서대문은 일제강점기에 도시 개발의 일환으로 철거되었으며 이후 한양 사대문 중 유일하게 복원되지 않았다. 그렇다면 안타깝게 사라진 서대문의 흔적은 지하철역 이름에만 남아있는 것일까? 서대문의 흔적은 서대문의 또 다른 이름, 돈의문으로 남아 있다. 서대문 일대의 근현대사를 보존하고 기억하는 방법으로 경희궁 바로 앞에 돈의문박물관마을이 탄생했다.

돈의문박물관마을 방문 시 주말은 피하라고 할 정도로 주말에는 사람이 많은데 내가 방문했던 날은 마침 간간이 비가 내려서 다행히도 관람객이 많지 않았다. 마을도 건물 내부도 넓지 않은 데다가 대부분 포토존으로 이루어져 있어서 관람객이 많다면 제대로 둘러보기가 어려울 수 있다. 돈의문박물관마을은 자유롭게 둘러봐도 좋지만 처음 방문했다면 마을 안내소부터 가는 것을 추천한다. 마을 안내소에서는 마을 지도와 스탬프 투어 용지를 받을 수 있다. 스탬프 투어란 돈의문박물관마을 곳곳에 흩어져있는 스탬프를 찾아다니는 것이다. 스탬프 투어 용지와 지도를 받았다면 이제 본격적으로 마을을 둘러보자.

돈의문박물관마을의 거리는 마을 안내소 기준으로 봤을 때 신문물이 들어오던 개화기로 시작해서 70~80년대 거리로 끝난다. 개화기의 화려한 모습을 담은 돈의문구락부 옆 골목길을 따라 들어가면 70~80년대 극장, 음악다방, 사진관 등의 작은 가게들을 볼 수 있다. 단순히 그 시대 가게를 재현해놓은 것뿐만 아니라 가파르고 좁은 계단을 올

오늘 여행은 어느 역에서 시작할까?

라 도착한 극장에서는 그때 그 시절의 영화를 볼 수 있고 음악다방에는 DJ가 있으며 오락실에서는 추억의 게임을 할 수 있다. 담벼락에는 그림으로 그린 포스터가 붙어 있어 옛 거리의 풍경을 재현한다.

돈의문박물관마을의 숨은 명소는 돈의문역사관과 한옥쉼터다. 돈의문역사관에서는 서대문 일대의 조선시대 때 모습을 볼 수 있는데 그것보다도 전시실 안쪽에 위치한 창문을 찾아보자. 보통의 박물관은 전시물 보존을 위해서 또는 관람에 집중할 수 있도록 빛이 들어오는 창문을 전시실에 두지 않는다. 하지만 돈의문역사관 전시실 안쪽에는 커다란 창이 나 있다. 게다가 창문 방향으로 의자까지 있어서 창문을 액자 삼아 바깥 풍경을 바라볼 수 있다. 창문 속 풍경은 바로 저 멀리 위치한 경희궁이다. 경희궁 역시 돈의문 역사의 한 부분이라는 것을 보여준다. 두 번째 숨은 명소는 마을 안내소 바로 옆에 있는 한옥쉼터다. 작은방 서너 개가 붙어 있는 주택을 개조한 공간으로 신발을 벗고 들어가야 한다. 추운 날에는 몸을 녹이고 더운 날에는 열을 식힐 수 있는 소중한 공간이다.

마을 곳곳에서 스탬프를 찾아 스탬프 투어 용지를 완성했다면 다시 마을 안내소로 가자. 안내소 직원에게 완성한 용지를 건네면 '참 잘했어요.' 도장과 함께 소정의 상품을 받을 수 있다. 내가 받은 상품은 쫀득이였는데 상품마저 돈의문박물관마을의 지향점과 잘 어울린다.

아기자기한 매력의 돈의문박물관마을에 대해 서울시가 새로운 계획을 품었다. 돈의문, 즉 서대문을 복원하고 돈의문박물관마을 일부를 포함한 주변 부지를 공원으로 만드는 것이다. 돈의문박물관마을이 오래지 않아 사라질 수도 있다는 것은 아쉽지만 복원될 돈의문이 기대된다.

돈의문박물관마을 바로 옆에는 대형 병원이 있는데 독특하게도 병원 부지에 문화재가 자리하고 있다. 병원 부지에 위치한 경교장은 백범 김구가 광복 후 우리나라로 돌아왔을 때부터 서거 전까지 머물렀던 곳이다. 현대식 건물인 병원 본관 옆에 옛 모습을 간직한 채로 우두커니 서 있다. 그 모습에서 이질감보다는 굳건한 위엄이 느껴진다. 경교장은 김구 선생의 숙소였지만 동시에 대한민국 임시정부 사무실이자 요원들을 위한 숙소이기도 했다. 2013년부터 대중에게 무료로 개방되었다.

경교장에 들어서면 일단 신발부터 슬리퍼로 갈아 신어야 한다. 전시 공간은 지하 1층부터 지상 2층까지 총 3개 층이다. 지하 1층은 경교장의 역사를 알 수 있는 전시실이고 지상 두 개 층은 백범 김구가 지내던 당시 모습으로 재현해놓았다. 단조로운 색과 가구들은 멋보다는 실용성이 강조되었지만 공간에 퍼져 있는 엄숙함이 스며들어 있다.

서대문역에서 조금 떨어진 곳에도 예전 모습을 복원해놓은 주택이 하나 있다. 가는 방법은 두 가지인데, 하나는 경희궁에서 나와 근린공원 방향으로 걸어가다가 사직로를 만나면 길을 건너 위로 쭉 올라가

오늘 여행은 어느 역에서 시작할까?

는 방법이다. 다른 하나는 서대문역 3번 출구에서 마을버스를 타고 가는 방법인데, 두 여정의 끝에는 모두 2층의 붉은 벽돌집이 있다. 딜쿠샤라고 불리는 이 주택은 미국인 앨버트 테일러와 아내 메리 린리 테일러가 살던 곳이다. 앨버트 테일러는 사업가로서 조선에 발을 들였으나 언론인으로서 3·1운동 등 우리나라의 상황을 해외에 알리는 데크게 기여했다. 그의 이러한 행보로 인해 결국 일제 강점기 말기에는 미국으로 강제 추방당했다.

딜쿠샤라는 이름은 앨버트 테일러의 아내인 메리 린리 테일러가 인도에 있는 영국인 별장, 딜쿠샤에서 따온 것이다. 복원 사업이 끝난 딜쿠샤가 대중에게 처음 개방됐을 때는 코로나 팬데믹이 한창일 때였다. 팬데믹의 영향으로 적은 인원만 수용할 수 있다 보니 관람 예약이 하늘의 별 따기였다. 지금도 딜쿠샤를 관람하려면 사전 예약을 해야 하기 때문에 미리 예약 일정을 알아보는 것을 추천한다.

딜쿠샤 앞에는 보호수로 지정된 400년이 넘은 은행나무가 있다. 오랜 세월 마을을 지켜준 은행나무는 마을 사람들에게 중요한 의미였다. 그렇다 보니 마을 주민들은 그 앞에 집을 짓는 것에 크게 반대했는데 이후 집이 무사히 지어지자 앨버트 테일러는 감사한 마음을 정초석에 새겼다. 지금도 외벽에서 그의 마음이 담긴 정초석을 볼 수 있다.

딜쿠샤 1층은 1920~30년대 모습으로 재현되었고 방마다 테일러 부부의 일생과 사진, 초상화가 전시되어 있다. 2층으로 올라가면 거실이 하나 더 나오는데 1층과는 다른 분위기를 풍긴다. 2층에서는 딜쿠 샤의 복원 과정과 앨버트 테일러가 우리나라의 상황을 해외에 알리기 위해 노력한 흔적들을 볼 수 있다. 2층 창문에서는 마을의 보호수인 400년 된 은행나무가 보인다. 마을 주민들의 우려와는 달리 딜쿠샤가 은행나무와 어우러질 수 있었던 것은 앨버트 테일러가 우리나라를 위해 보여준 헌신 덕분은 아닐까?

딜쿠샤에서 사직로로 나와 서쪽 방향으로 걸어가면 독립문이 보인다. 독립문이 건립되기 이전 그 자리에는 중국 사신을 영접하던 영은문이 있었으나 1896년 고종은 우리나라의 자주독립의 뜻을 담아 영은문을 헐고 독립문을 세웠다. 아치형의 독립문은 파리 개선문을 본떠만들어졌는데 화려하지는 않지만 묵직한 분위기를 풍긴다. 독립문 뒤로 조성되어 있는 공원에는 독립운동가들의 동상이 세워져 있어 역사와 휴식이 어우러진 모습을 볼 수 있다.

공원은 지하철 3호선 독립문역 4번 출구와 닿아 있는데 그 위로 조금 더 올라가면 서대문형무소역사관이 나온다. 이름만 들어도 마음이 무거워지는 서대문형무소는 일제 강점기 동안 억울하게 희생된 독립운동가들을 떠올리게 한다. 서대문형무소는 1908년에 지어져 80년 동안 감옥으로 사용되었으며 일제강점기에는 독립운동가들을 수감했던 곳이다.

서대문형무소 건물 중 남겨진 일부를 박물관으로 개조하여 서대문형무소역사관이라는 이름으로 대중에게 개방했다. 서대문형무소역사관의 옥사는 직접 체험해 볼 수 있는 공간으로 유명하며, 지하 옥사는 수감자들이 어떠한 고통을 겪었는지를 사실적으로 보여준다. 수많은 독립운동가들의 사진으로 둘러싸인 방과 태풍으로 쓰러진 통곡의 미루나무를 보면 마음이 더 무거워진다.

서대문역부터 독립문역을 아우르는 일대는 조선시대에서 대한 제국을 거쳐 일제강점기까지 이어지는 역사를 담고 있다. 그리고 지금의 우리와 앞으로의 누군가는 바로 이 도시가 품은 온갖 감정의 역사를 기억할 것이다.

동, 동, 동대문을 열어라
(동대문역사문화공원역 ~ 동대문역 ~ 혜화역)

서대문처럼 지하철역에 이름을 올린 대문이 하나 더 있다. 동대문은 지하철 1호선과 4호선이 교차하는 동대문역과 2, 4, 5호선이 만나는 동대문역사문화공원역에 이름을 올렸다. 거대한 쇼핑 단지와 청계천을 사이에 둔 두 지하철역은 연결되어 있으면서도 서로 다른 분위기를 풍긴다.

동대문역사문화공원역은 2000년대에 들어서 바뀐 이름으로 그전에는 동대문운동장역이었다. 지금의 동대문역사문화공원 자리에 동대문운동장이 있었는데 운동시설이 철거되고 공원으로 재탄생하면서 역 이름도 바뀐 것이다. 동대문역사문화공원역 1번 출구로 나와 도보를 따라 걸어 올라가면 성곽 옆으로 공원이 보인다. 언뜻 보기에는 산책로가 조성된 평범한 공원이지만 산책로를 걷다 보면 공원 이름에 '역사문화'가 들어간 이유를 깨닫는다. 조선시대 서울성곽을 시작으로 옛 건물 터를 볼 수 있는 전시장이 넓게 펼쳐져 있기 때문이다. 게다가 이곳에서 출토된 유물도 함께 전시되어 있어서 동대문역사문화공원은 공원인 동시에 박물관이라 할 수 있다.

동대문역사문화공원 옆 서울성곽 너머에는 동대문디자인플라자, 일명 DDP가 있다. 동대문역사문화공원역과 연결되어 있는 동대문디자인플라자는 2014년에 문을 연 복합문화공간으로, 미술 전시를 비롯해 여러 행사를 개최한다. 또한, DDP는 독특한 디자인으로도 유명하다. 사각이 명확한 전형적인 건축물과는 거리가 멀고, 둥그렇지만 돔이라고는 할 수 없는 고유한 매력이 있다. 선의 자유로움을 강조한 듯한 DDP 건물은 밤이면 조명을 빛내며 낮과는 다른 모습을 보여준다.

동대문과 패션은 오랜 친구 또는 연인처럼 동대문 하면 패션이 떠오르고 패션 하면 동대문이 떠오르는 관계다. '동대문 간다.'라는 말이 '쇼핑하러 간다.'라는 말로 통하기도 한다. 동대문디자인플라자에서 서울패션위크가 개최될 정도로 동대문은 패션의 상징으로서 입지를 굳혀가고 있다.

동대문과 패션의 관계는 수십 년 전으로 거슬러 올라간다. 동대문역과 동대문디자인플라자 사이로 흐르는 청계천 남쪽에는 동일한 디자인의 건물들이 나란히 청계천을 바라보며 서 있다. 동대문 패션거리의 시작을 알리는 의류 도매상가 평화시장이다. 재봉틀과 청계천을 기반으로 성장한 평화시장은 60년대에 거대한 의류 상권을 형성했다. 하지만 급격한 산업화에 따른 부작용은 도시 전반으로 퍼져갔고 평화시장도 예외는 아니었다. 당시 평화시장의 노동자들은 열악한 환경에서 건강을 해쳐가며 적은 임금을 받고 장시간 노동했다. 평화시장에서 재봉사로 일하던 전태일은 평화시장의 노동환경 개선을 위해 노력했고 끝내 스스로 희생했다. 평화시장 앞 청계천을 가로지르는 버들다리에 세워진 전태일 동상으로 우리는 그의 희생을 기억한다.

21세기의 평화시장은 아픈 과거를 발전의 발판으로 삼아 동대문 의류 상권을 책임지고 있다. 낮밤을 가리지 않고 문을 열어 하루 종일 사람들의 발길이 끊이지 않는다. 평화시장부터 시작된 쇼핑몰 거리는 동대문디자인플라자를 둘러쌀 정도다. 쇼핑몰과 더불어 영화관과 음식점, 카페가 함께 들어서면서 동대문은 패션거리에서 더 나아가 하나의 쇼핑 타운을 이룬다.

평화시장에서 청계천을 건너가면 지하철 1호선과 4호선이 만나는 동대문역이 있다. 남대문에 남대문시장이 있는 것처럼 동대문에는 동대문시장이 있다. 동대문역 9번 출구로 나와 직진하면 호텔 뒤로 시장이 펼쳐진다. 동대문시장 역시 동대문 의류 상권의 영향을 받아 원단이나 의류 부자재로 유명하다. DDP 주변의 의류매장이 일반 소비자를 대상으로 한다면 동대문시장은 판매자를 위한 곳이라고 할 수 있다.

남대문이 우리나라 국보인 것은 어렸을 때부터 외우다시피 알고 있는 사실이지만 동대문이 보물로 지정되어 있다는 사실은 비교적 덜 알려져 있다. 동대문역 바로 옆에 위치한 흥인지문은 동대문의 또 다른 이름으로, 동대문역 6, 7, 9번 출구와 가깝다. 동대문의 6, 7번 출구에서는 흥인지문의 뒷모습을, 9번 출구에서는 길 건너 흥인지문의 앞모습을 볼 수 있다. 다른 한양 대문과 다르게 흥인지문만 이름이 4글자인데, 풍수지리적으로 흥인지문이 위치한 땅의 기운이 약하다고 하여 이름 사이에 '지(地)'를 더했다.

흥인지문 북쪽의 차도를 건너면 산을 타고 오르는 형태의 공원이 있다. 한양성곽을 따라 조성된 흥인지문 공원에는 무료로 관람할 수 있는 한양도성박물관이 있다. 한양도성박물관은 지금의 서울보다 훨씬 적은 범위를 의미했던 한양도성의 역사를 전시하고 있으며 이와 관련하여 서울 사대문에 대한 전시도 개최한다.

한양도성의 자취는 박물관뿐만 아니라 박물관 옆 성곽길에서도 찾을 수 있다. 옛 성곽이 남아있는 낙산성곽길은 서울 한양 도성길 코스 중 하나다. 서울 한양 도성길에는 총 4가지 코스가 있는데, 경복궁과 창덕궁 뒤 북악산을 지나는 1코스, 동대문디자인플라자와 흥인지문을 지나는 2코스, 남산을 가로질러 숭례문에 도착하는 3코스, 돈의문을 지나 인왕산으로 이어지는 4코스가 있다. 한양도성길을 걸어볼 생각이라면 '서울 한양도성 스탬프투어 지도'를 받아서 걸어보는 것도 좋다. 코스별 스탬프 운영소를 방문하면 지도와 함께 스탬프를 받을 수 있다. 스탬프 운영소는 삼청동에서 북악산으로 올라가는 길에 있는 말바위 안내소에 하나, 앞서 소개한 흥인지문에 하나, 자체 스탬프투어를 운영하고 있는 돈의문박물관마을 안내소에도 하나, 마지막으로 숭례문에 하나가 있다.

스탬프까지는 자기만족이지만 만약 도성길을 걸으며 지정장소에서 인증 사진까지 찍는다면 서울 공공서비스 사이트에서 완주 인증서와 배지를 신청할 수 있다. 이왕 걷는 김에 배지까지 받아도 좋지만 부담스럽다면 굳이 목적을 두지 않고 걸을 수 있을 만큼만 여유롭게 걷는 것도 좋다.

흥인지문공원에서 성곽길을 따라 어느 정도 올라갔다면 뒤를 돌아보자. 밤이면 흥인지문과 패션거리가 만들어내는 야경을 감상할 수 있다. 도시의 빽빽한 불빛을 감상하는 것만으로도 흥인지문을 따라 성곽길을 걸을 가치가 충분하다.

흥인지문공원의 낙산성곽길을 따라 올라가면 낙산공원에 도착하는데 그 아래에는 이화동이 있다. 지하철 4호선 혜화역과 가까운 이화동은 옛날부터 아름다운 경관으로 유명했다. 동쪽으로는 낙산공원이

오늘 여행은 어느 역에서 시작할까?

있고 서쪽으로는 창덕궁이 내려다보여 대학로로 불리는 혜화역 일대가 한눈에 보이기 때문이다. 특히, 이화동은 조선시대 양반 가문의 집터와 역사적으로 가치 있는 건물 및 주택을 보존하기 위해 개발을 멀리한 덕분에 옛 서울의 모습이 여전히 남아 있다. 이러한 가치를 인정받아 서울시 미래유산으로 지정된 이화동은 옛 서울의 흔적을 간직한 동네로 불리며 다양한 영화와 책의 배경으로 등장해 낭만을 더한다.

이화동에서 서쪽으로 내려가면 소극장들이 즐비한 거리가 나온다. 연극, 뮤지컬, 코미디 등 무대로 올릴 수 있는 공연이라면 장르를 따지지 않고 혜화역으로 몰린다. 혜화역 2번 출구부터 시작된 각종 공연 홍보물은 대학로를 걷는 내내 이어진다. 2번 출구 바로 앞에 있는 마로니에공원은 현재 시민들을 위한 개방 공원으로 사용되며 야외 행사나 무대가 열리기도 한다. 사실 마로니에공원의 시작은 지금과는 다른 모습이었으며 혜화역 일대가 대학로로 불리게 된 이유와도 깊은 관련이 있다.

마로니에공원은 원래 대학 부지로 사용되던 곳이다. 일제강점기에는 경성제국대학이었고 해방 후부터 국립으로 운영되던 대학교가 마로니에공원 자리에 있었으나 1975년에 관악구로 옮겨갔다. 혜화역 일대가 대학로라고 불리게 된 이유도 바로 마로니에공원에 있던 대학교 때문이다. 이제 대학교는 옮겨가고 같은 대학교의 의과대학과 병원만이 맞은편에 남아 있지만 한 번 대학로는 영원히 대학로로 불리고 있다. 공원 한가운데 심어져 있는 나무는 일제강점기에 심어진 마로니에 나무로 공원 이름은 이 나무에서 유래되었다.

중고등학교로 뭉뚱그려진 기억 어딘가에 엄마와 함께 처음으로 대학로에 갔던 날이 있다. 지하철역 출구를 벗어나자마자 불쑥 튀어나온 손이 홍보물을 건넸고 입담이 좋은 코미디언들은 출구를 나오는 몇 걸음 동안 홍보 멘트를 빠르게 쏟아냈다. 적응되지 않는 분위기에 어색하게 웃으며 엄마 옆에 꼭 붙어 미리 예매해둔 공연을 보러 갔다. 그날 어떤 공연을 보러 갔는지는 정확히 기억나지 않지만 공연을 보고 나서 지하철역으로 들어가기 전 아이스크림을 먹었던 것만은 또렷하게 기억난다. 해가 진 대학로는 낮보다 차분해 보였고 엄마는 컵에, 나는 콘에 받은 아이스크림을 들고 마로니에공원에 앉았다. 나는 엄마의 젊은 시절 이야기를 듣는 걸 좋아했는데 이야기 자체도 흥미로웠지만 이야기를 할 때면 새침한 20대로 돌아가는 엄마가 좋았다. 엄마는 대학 시절 대학로에서 친구들과 보냈던 시간들에 대해 얘기해주시며 예전만큼 젊음이 흘러넘치지 않는 거리를 낯설어하셨다. 하지만 나에게 대학로는 그때의 기억 덕분에 늘 따뜻한 분위기로 기억된다.

서울은 오랜 옛날부터 다양한 이름으로 불려왔다. 삼국시대에는 백제의 한성으로, 조선시대에는 한양으로, 일제강점기에는 경성으로. 한반도의 허리에 위치한 서울은 물길과 가까운 평야지대라는 지리적

오늘 여행은 어느 역에서 시작할까?

특징 덕분에 시대를 막론하고 늘 주목받았다. 서울로 쏟아진 관심은 득이 될 때도 있었지만 수난으로 이어지기도 했다. 다사다난한 서울의 역사는 한양으로 불리던 시절 이후로도 계속되었다.

II.

서울,
시간이 쌓인 도시

남산과 함께한 시간들
충무로역 ~ 동대입구역

　서울을 소개할 때 반드시 등장하는 서울의 랜드마크가 있다. 바로 남산서울타워다. 서울 남산 꼭대기에 위치한 남산서울타워는 서울의 중심뿐만 아니라 한강과도 가까워서 서울 전체를 내려다볼 수 있는 곳이다. 1980년부터 시작된 남산서울타워의 역사는 방송 전파를 송수신하는 역할로 출발해 이후 관광기능까지 갖추면서 지금의 명소가 되었다.

　현재 타워의 모습을 살펴보면 세 부분으로 나눌 수 있다. 제일 하단에 위치한 복합몰에는 식사를 하거나 커피를 마실 수 있는 공간이 마련되어 있다. 또한, 창 전면이 유리로 되어있어 이곳에 앉아있기만 해도 어느 정도 서울을 내려다볼 수 있다. 복합몰 위부터 본격적인 타워가 시작되는데 전망대로 올라가는 입구도 이 부분에 있다. 마지막 세 번째 부분은 전망대 위로 우뚝 솟은 송신탑이다.

이번에는 타워 밖으로 나와 보자. 낮에는 푸른 하늘과 어우러진 타워의 모습을 볼 수 있지만 밤이 되면 조명으로 빛나는 모습을 볼 수 있다. 타워의 조명에는 의미가 있는데 바로 미세먼지 농도에 따라 조명 색이 달라진다는 것이다. 조명은 총 4단계로, 파란색, 초록색, 노란색, 붉은색 순서다. 미세 먼지 농도가 가장 좋을 때는 파란색 조명이, 가장 나쁠 때는 붉은색 조명이 들어온다.

남산서울타워의 대표적인 명소로 알려진 사랑의 자물쇠 전망대는 타워 바로 오른쪽에 있다. 전망대의 난간에는 자물쇠 고리에 걸린 또 다른 자물쇠가 겹겹이 쌓여있는 진풍경이 펼쳐진다. 타워 옆 편의점에서도 자물쇠를 살 수 있지만 가격이 비싸고 종류가 다양하지 않다. 다들 미리 준비해온 자물쇠를 걸었는지 다양한 모양이 걸려 있어 마치 자물쇠 박물관 같기도 하다.

내게 남산서울타워는 특별한 추억으로 기억된다. 대학교 졸업을 앞두고 취업 준비로 막막하던 시절 버스를 타고 홀로 남산서울타워를 자주 찾았다. 늦여름 평일 저녁의 남산은 한가로웠다. 타워 안으로 들어가지는 않고 사랑의 자물쇠 전망대에 올라 서울을 내려다보며 이렇게 넓은 서울에 내가 들어갈 직장 하나 없을까 생각하며 마음을 다잡

앉다. 졸업 이후 타워가 보이는 남산 바로 아래 취업한 것을 보면 그때의 염원이 이루어진 것일지도 모른다.

남산 꼭대기에 위치한 남산서울타워까지 올라가려면 버스를 이용해야 하는데 지하철 3호선 충무로역 2번 출구나 동대입구역 6번 출구에서 순환버스를 타면 된다. 버스에서는 진행 방향 기준으로 왼쪽 자리에 앉는 것을 추천한다. 산을 굽이지어 올라가다 보면 나무가 우거진 곳 중 시야가 트이는 광경이 딱 한 번 펼쳐지는데 왼쪽 자리에서만 볼 수 있기 때문이다.

남산 꼭대기까지 오르는 버스 중에는 서울시티투어버스도 있다. 공식 서울시티투어버스에는 총 4가지 코스가 있는데 강남을 달리는 1개 코스를 제외하고는 모든 코스에 남산이 포함된다. 코스별로 운행 상황이 다르기 때문에 미리 홈페이지를 통해 확인하는 것이 좋다. 버스 탑승은 홈페이지에서 예약 후 현장에서 실물 표로 교환하면 된다. 대부분의 시티투어버스는 1일 승차권 개념으로, 승차권 하나로 지정된 정류장에서 하루 종일 자유롭게 승하차가 가능하다. 하지만 내가 탔던 야경 코스는 무정차로 남산까지 달리다가 남산에서 딱 한 번 정차하는 코스로, 도심 드라이브를 보다 길게 즐길 수 있다.

서울시티투어버스 야경코스의 탑승 지점은 지하철 5호선 광화문역이다. 광화문역 6번 출구 앞에 있는 매표소에서 실물 티켓으로 교환후 주차되어 있는 투어버스에 탑승하면 된다. 지정좌석제가 아니므로 특별히 선호하는 자리가 있다면 일찍 가도록 하자. 시티투어버스에서 가장 놀랐던 점은 의외로 탑승객 중 한국인이 많다는 것이다. 나 역시 한국인이면서도 버스에서 들리는 말소리가 대부분 한국어라는 것이 신기했다.

시티투어버스에 탑승할 때 한강의 다리가 만들어내는 온갖 빛깔을 가까이서 감상하고 싶다면 진행 방향 기준으로 오른쪽 자리에, 남산 서울타워로 올라가는 길에 서울 야경을 보고 싶다면 왼쪽 자리에 앉는 것을 추천한다.

시티투어버스 탑승 후기를 한 줄로 요약하자면, 한 번 더 타고 싶을 정도로 만족스러운 경험이었다. 천장이 뚫려있는 2층 투어버스가 달리기 시작하자 바람이 느껴졌다. 초가을의 밤바람은 시원했고 손을 뻗으면 손끝이 가로수 가지 끝에 닿을듯했다. 버스가 신호에 걸려서 잠시 정차했을 때 거리에 있던 행인 중 한 명이 버스에 있는 불특정 다수를 향해 "재밌어요?"라고 질문을 던졌다. 창가에 앉은 사람이 재미있다며 예약을 추천하자 버스 안에 있던 사람들도 거리에 있던 사람들도 함께 웃었다.

타워가 위치한 남산은 서울의 후암동, 명동, 장충동, 그리고 이태원동에 둘러싸여 있어 접근성이 좋다. 고층 건물이 없던 시절에는 한강 이북의 서울 대부분에서 남산이 보였다고 한다. 늘 서울 시민을 내려다보고 있는 남산이 처음부터 지금처럼 낭만적인 곳이었던 것은 아니다. 1968년에 공원으로 단장한 남산은 시민친화적인 공간으로 재탄생했으나 실상은 그렇지 못했다. 70~80년대 군부독재의 상징이기도 한 중앙정보부가 남산에 있었기 때문에 남산 방향으로는 쳐다보지도 말라는 말이 돌 정도였다. 그러나 군부독재가 끝나면서 남산은 다시 원래의 지향점을 찾아 시민에게 친근한 곳으로 돌아왔다.

남산서울타워 방문이 목적이라면 버스로 가는 것이 빠르고 편하지만 남산 구석구석이 궁금하다면 걸어서 둘러보는 것을 추천한다. 봄에는 벚꽃이 피고 가을에는 단풍이 물들어 남산의 풍경은 계절에 따라 달라진다. 20대 초반의 어느 가을날, 남산을 물들인 계절의 변화를 구경하러 간 적이 있다. 남산도 산이라는 것을 망각하고 단풍에 들떠 치마를 입고 단화를 신었더니 걷는 것이 힘에 부쳤지만 젊은 패기와 인증 사진에 대한 열정으로 남산을 올랐다. 계절 따라 바뀌는 남산의 모습을 다시 체감했던 것은 남산 아래에 있는 직장에 다니던 시절이었다. 어느 봄날 점심을 먹고 돌아오는 길에 벚꽃이 피어 듬성듬성 분홍빛을 띠는 남산을 발견했다. 아무리 바빠도 계절의 변화는 느끼면서 살자며 계절을 노골적으로 드러내는 자연에 감탄했다.

꽃과 나무가 계절에 맞춰 색을 뽐내지 않아도 남산을 찾는 발길이 급증하는 날이 있다. 매년 1월 1일 새해 첫 일출을 보기 위해 이른 아침부터 부지런히 남산을 찾는 사람들 덕분이다. 남산에서 맞는 새해 이벤트는 그다음 날까지 이어진다. 한 번은 새해 첫 출근 일에 회사에

오늘 여행은 어느 역에서 시작할까?

서 단체로 남산을 오른 적이 있다. 회사를 벗어났다는 것만으로도 기분전환이 되어 동료와 신나게 대화를 나누며 걷기 시작했지만 산을 오를수록 숨이 차오르면서 점점 말수가 줄어들었다. 아무리 걸어도 닿지 못할 것 같던 정상에 도착하니 이미 여러 단체에서 팔각정을 배경으로 현수막을 든 채 단체 사진을 남기고 있었다. 우리 회사도 질세라 기다렸다가 팔각정 앞을 차지했고 누군가 준비해온 현수막을 펼치고는 새해 첫 등반을 기념하는 사진을 찍었다.

남산 정상에 위치한 팔각정은 커다란 정자로 휴식 공간이다. 그 뒤로는 봉수대가 자리하고 있다. 조선시대 통신 수단으로 사용되었던 봉수대는 적의 동태를 살피고 연기나 불빛으로 위험을 알리는 역할을 했다. 봉수대는 5개로 구성되는데 평상시에는 늘 하나를 피워 놓는다. 그러다 적이 보이면 두 개를, 적이 국경 근처로 오면 3개를, 적이 국경을 넘으면 4개를, 전시상황에는 5개를 피워 놓는다. 제일 높은 곳에 통신 수단을 설치한다는 생각은 조선시대나 지금이나 변함이 없다.

이제 남산 아래로 내려가 보자. 장충동 방향으로 내려오면 남산골 한옥마을이 보인다. 지하철 3호선과 4호선이 만나는 충무로역 3, 4번 출구와도 맞닿아 있는 이곳은 한옥을 보존하여 1998년에 만들어진 관광지다. 크기가 넓지 않아서 알려진 것에 비해 찾는 관람객이 많지 않다. 하지만 그만큼 조용한 풍류를 즐길 수 있는 곳이며 마을 한가운데 자리한 연못 앞 천우각을 비롯해 마을 곳곳이 포토존이다.

명동 방향으로 내려가면 남산의 대표적인 먹거리를 만날 수 있다. 남산에 왔으니 돈가스는 먹고 가야지라고 생각한다면 명동 근처의 소파로를 따라 걸어보자. 다양한 돈가스 가게가 몰려 있어서 취향에 따라 골라 들어갈 수 있다. 그렇다면 당연하게 받아들여지는 남산과 돈가스의 관계는 언제부터 만들어진 걸까? 돈가스는 예전부터 나이와 성별에 상관없이 사랑받는 음식이었다. 남산이 시민들과 가까워지자 남산으로 놀러 온 사람들과 이러한 사람들을 태우던 택시 기사들을 위한 식당이 남산에 자리를 잡았다. 기사식당으로 문을 연 돈가스 가게는 경양식 레스토랑과는 다른 구성과 커다란 크기로 인기를 끌었고 지금의 남산과 돈가스의 관계를 만들었다.

이번에는 이태원 방향으로 내려가 보자. 이태원 방향으로 내려가면 남산 초입에서 남산야외식물원을 만날 수 있다. 일 년 내내 무료로 운영되는 곳으로 다양한 식생을 구경하기보다는 자연과 어우러져 산책하기에 좋은 공간이다. 식물원 앞으로는 소월로가 길게 가로로 뻗어 있는데 그곳에서 내려다보는 서울 풍경이 매우 아름답다. 이를 노리고 서울을 내려다보는 방향으로 루프탑 가게나 카페가 들어서 있으니 남산을 오르내리느라 힘들었다면 이쯤에서 잠시 목을 축이며 여유롭게 풍경을 감상하는 것도 좋다.

마지막으로 후암동과 회현동 사이로 내려가 보면 도서관, 전시관, 기념관, 심지어 교육원까지 사이좋게 모여 있는 모습을 볼 수 있다. 건

오늘 여행은 어느 역에서 시작할까?

물을 하나씩 살펴보면, 먼저 한양도성유적전시관이 보인다. 한양도성 유적전시관은 전편에서 소개한 한양 도성길 완주 시 인증을 통해 배지와 인증서를 수령할 수 있는 곳이다. 그 옆에 안중근 의사 기념관은 독립운동가인 안중근 의사를 기리는 곳으로, 일제강점기에 일제가 세운 조선신궁이 있던 자리에 세워졌다. 서울융합과학교육원 남산분원은 돔 형태로 지어져 있어 주변 건물들과 다른 모습으로 두드러진다. 그 아래로 내려가면 백범광장공원이 펼쳐지는데 한양성곽이 남아있어 포토존으로도 유명하다. 전시관과 기념관이 문을 닫는 밤이면 남산서울타워와 교육원의 돔을 배경 삼아 사진 찍는 사람들을 볼 수 있다.

남산서울타워를 비롯해 남산이란 곳은 서울의 랜드마크이자 관광지로 더 유명하지만 지금까지 남산에서 보낸 시간들을 떠올려 보면 남산은 수십 년의 세월 동안 우리와 일상을 나눈 생활공간이라는 것을 깨닫는다.

서울은 과거에 머물지 않는다
명동역 ~ 회현역 ~ 서울역

남산타워로 가는 방법 중 가장 편하고 낭만적인 방법은 명동에서 출발하는 케이블카를 타는 것이다. 남산 케이블카는 오전 10시부터 오후 11시까지 운행하기 때문에 해가 진 후에 탄다면 케이블카를 타고 올라가는 길에 서울 야경을 감상할 수 있다. 이용요금은 만 13세 이상에 해당하는 대인 기준으로 편도 11,000원, 왕복 14,000원이다. 안타깝게도 남산케이블카는 현장 예매만 가능하기 때문에 운이 좋다면 오래 기다리지 않고 이용할 수 있지만 사람들이 몰리는 시간에 간다면 최소 1시간은 기다려야 할 수도 있다.

케이블카는 서울 남산을 제외하고도 부산과 여수 등 다른 지역에서도 운행된다. 다른 도시의 케이블카처럼 2~4명이 마주 보고 앉아 도시의 풍경을 감상할 수 있는 것을 기대했다면 다소 실망스러울 것이다. 남산의 케이블카는 사람을 실어 나르는 것이 목적인 듯 커다란 캐빈에 사람을 가득 싣고 산을 오른다. 만약 창가에 자리를 잡지 못한다면 사람들에 가려서 바깥 풍경을 감상하는 것이 어려울 수도 있다.

가성비를 생각해서 케이블카를 왕복으로 끊었다면 이제 남산타워에서 케이블카를 타고 내려와 보자. 남산케이블카를 타고 도착하는 곳은 명동의 끝자락이자 시작점이다. 여기서 주의할 점은 우리가 흔히 떠올리는 명동의 풍경은 남산케이블카를 타는 곳 주변의 명동이 아니라는 것이다. 산에서 내려오기는 했지만 여전히 가파른 언덕을 내려가서 명동역이 있는 대로를 건너야 우리가 흔히 떠올리는 번화한 명동 거리가 나온다.

명동부터 충무로까지의 일대는 일제강점기 당시 일본인 밀집 지역이었다. 당시에는 명동을 메이지초, 충무로를 혼마치라 불렀다. 그때부터였을까? 지금도 명동은 우리나라 사람들보다 외국인들 사이에서 인기가 더 많다. 일본인이 찾던 동네로 시작해서 지금은 중국인 관광객의 발길이 끊이지 않는 곳이 되었다. 명동 거리를 걷다 보면 종종 중국어가 들리곤 하는데 특히 명동 화장품 가게에서는 한국어, 일본어, 중국어를 자유롭게 구사하는 직원을 볼 수 있다.

날씨 좋은 주말에는 명동역 6번 출구로 나가는 길에 거대 인파가 몰린다. 살짝 우회하여 5번이나 7번 출구를 이용하는 것도 좋은 방법이다. 명동의 중심 대로라 할 수 있는 명동8길에는 20년 동안 우리나라 땅값 1위 자리를 지키고 있는 화장품 가게가 있다. 초목이 우거진 화장품 가게를 왼쪽에 두고 직진하면 다양한 화장품 가게와 옷 가게가 들어선 쇼핑 거리가 펼쳐진다.

명동의 또 다른 매력은 길거리 음식이다. 명동역에서부터 길을 따라 펼쳐진 가판대에는 간식부터 간단한 식사까지 해결할 수 있을 정도로 다양한 음식을 팔고 있다. 변화한 명동8길을 따라가다 보면 어느새 탁 트인 공간이 나온다. 평소에는 빈 공간이지만 크리스마스 시즌이 되면 대형 트리가 설치된다.

명동8길이 명동길과 만나는 지점에서 오른쪽으로 꺾으면 도로 끝에서 천주교 서울대교구 주교좌명동대성당을 볼 수 있다. 1898년에 봉헌된 명동성당은 고딕 양식으로 지어져 매우 고풍스럽다. 유럽에나 가야 볼 수 있는 건축 양식의 명동성당을 보고 있으면 저절로 감탄이 흘러나온다. 본당 안으로 들어가면 아치 형으로 연결되어 있는 기둥을 시작으로 성스러운 분위기가 풍긴다. 가톨릭 신자가 아니어도 성당을 둘러볼 수 있으니 관람객에게 개방된 시간에 본당 내부를 둘러볼 수도 있고 본당을 둘러싸고 있는 야외 공간을 구경할 수도 있다.

다시 명동8길과 명동길이 만나는 교차지점으로 가서 이번에는 왼쪽으로 꺾어보자. 얼마 가지 않아 파출소 옆으로 난타극장이 보일 것이다. 지금은 무슨 단어든 앞에 'K'만 붙이면 한국을 상징할 정도로 한류라는 말조차 생경해졌지만 난타가 처음 전 세계의 주목을 받았을 때

오늘 여행은 어느 역에서 시작할까?

만 해도 우리나라의 문화가 전 세계의 관심을 받는 것에 익숙하지 않았다.

대학생 때 외국인 교환학생 도우미로 활동하면서 외국인 친구를 데리고 난타 공연을 보러 갔었다. 외국인의 시각으로 우리나라를 보는 것이 익숙하지 않아 겨우 생각해낸 것이 난타였다. 나 역시 15년 만에 보는 난타 공연이었기에 들뜨기도 했지만 한편으론 20세기 공연을 관람한다는 것이 시대에 뒤떨어진 발상은 아닌지 걱정도 됐다. 그러나 '클래식은 영원하다.'라는 말처럼 외국인 친구뿐만 아니라 나 역시 즐겁게 관람했다.

난타극장이 있는 명동로에서 출발해 남대문로를 따라 회현역 방면으로 걸어 내려가면 지하쇼핑센터 양옆으로 남대문 시장이 펼쳐진다. 회현역 4, 5번 출구와 가까운 남대문시장은 이름 그대로 남대문 옆에 조성된 시장이라는 의미다. 조선시대 때부터 자리 잡고 있던 시장이 그대로 굳혀져 지금의 남대문시장이 되었다. 남대문시장에서는 온갖 먹거리와 잡화를 팔고 있는데 그중에서도 꽃과 갈치조림이 유명하다. 전혀 어울리지 않는 두 개의 종목이지만 남대문 꽃 종합상가와 갈치 식당 거리는 길 하나를 두고 나란히 자리하고 있다.

남대문시장 갈치 식당 거리에서 한 블록만 더 가면 우뚝 선 남대문을 볼 수 있다. 정식 명칭은 숭례문이며 남쪽에 위치해있어서 남대문으로 불린다. 우리나라 국보 1호인 숭례문은 1398년에 지어졌지만

2008년 화재로 많은 부분이 불타 사라졌다. 지금의 모습은 화재 이후 복원된 것이다. 숭례문을 더 가까이서 보고 싶다면 길을 건너 숭례문광장으로 가보자. 숭례문 사이를 지나가며 조선시대 한양에 처음 들어섰을 사람들의 설렘을 느낄 수 있다. 반면에 무슨 연유인지는 몰라도 한양을 떠나며 성문을 나섰을 사람들의 심정도 짐작해 볼 수 있다.

숭례문광장에서 소월로를 따라 내려오면 서울 한복판을 가로지르는 고가도로가 나온다. 1970년대에는 교통 정체 문제를 해결하기 위해 도시 곳곳에 고가도로가 건설되었다. 서울역 고가도로 역시 고가도로 건설이 한창이었던 1970년에 건설되어 차도로 사용되었으나 2017년에 인도로 재탄생했다. 고가도로의 첫 탄생을 상징하는 '70'과 재탄생을 의미하는 '17'을 이어 '서울로7017'이라는 이름이 붙었다. 서울로7017은 회현역에서 시작해 서울역 뒤편 만리재까지 이어진다. 매캐한 매연에서 벗어나 다양한 식물과 휴식 공간으로 꾸며졌으며 도로 난간에 서면 서울역을 내려다볼 수 있다.

이처럼 서울로7017은 서울역의 전경을 가장 잘 볼 수 있는 곳이다. 특히 옛 서울역사의 야경과 서울역 맞은편 고층 빌딩의 레이저쇼를 한눈에 볼 수 있다. 서울로7017에서 계단이나 엘리베이터를 이용해 아래로 내려가면 저 멀리 서울역이 보인다. 현재 기차역으로 운영되는 서울역 옆에는 유럽의 어느 역을 떠올리게 하는 옛 서울역이 있다.

지금은 서울역이 서울을 대표하는 역이지만 1900년대 초반만 해도 용산역이 서울에서 가장 큰 기차역이었다. 당시 서울역은 남대문역으로 불리며 단층 건물의 조촐한 모습이었다. 그러나 일제강점기였던 1925년 남대문역은 경성역으로 몸집을 키웠다. 1929년 조선박람회를 앞두고 일제는 조선의 근대화를 내세울 겸 박람회를 보러 몰려들 방문객을 수용하기 위해 경성역을 지었다. 화려한 자태를 뽐내는 옛 서울역의 숨겨진 진실은 일제의 식민사관이다.

해방 후에는 서울역으로 운영됐으나 2003년에 신축 서울역이 완공되면서 운영을 중단했다. 이후 복원 공사를 통해 역사 내부까지 옛 모습을 되찾아 2011년에 다시 공개되었다. 새로운 모습의 옛 서울역은 문화역서울284라는 이름을 달고 복합문화공간으로 사용되고 있다. 여기서 284는 옛 서울역의 사적 번호다. 20세기 초반 양식의 건물에서 관람하는 21세기 전시는 이질적이면서도 조화롭다. 만약 복합문화공간으로서의 역할보다 서울역의 역사가 더 궁금하다면 홈페이지에서 미리 해설을 예약해서 전문 해설사와 함께 복원된 내부 곳곳을 둘러볼 수 있다.

관광객으로 붐비는 명동, 한양을 오갈 때 지나는 숭례문, 서울의 첫인상과 마지막 인상이 되어주는 서울역. 모두 사람들로 붐비는 곳이지만 머무는 곳이 아닌 통과하듯 스쳐가는 곳이다. 세 곳의 화려함은 이제 막 도착한 사람들을 향한 환영 인사이자 곧 떠날 사람들에게 남기는 아쉬운 작별 인사다.

우리에게 돌아온 용산

용산역 ~ 신용산역 ~ 삼각지역
~ 이촌역 ~ 서빙고역

1900년대 초반 일제가 조선에 군대를 주둔시키기 시작하면서 조선주차군이라 불리던 일본군의 기지를 용산에 두었다. 그러고는 용산역에서 서울역까지 이어지는 대로를 건설하고 용산에 철도를 건설해서 용산을 교통의 중심지로 만들었다. 서울과 부산을 잇는 경부선, 서울과 인천을 잇는 경인선, 서울과 강원도를 잇는 경원선, 그리고 지금은 이름만 남았지만 서울과 신의주를 잇는 경의선까지, 한반도의 끝자락과 서울을 잇는 노선이 모두 용산역에서 만났다.

일제가 철도와 도로 건설에 앞장섰던 이유는 조선에 군대를 주둔시키고 자원 수탈을 용이하게 하려는 검은 속내였다. 일본이 수탈해간

오늘 여행은 어느 역에서 시작할까?

자원에는 노동력도 포함되어 있었다. 강제 징용된 노동자들이 고국을 떠나기 전 모였던 곳이 용산역이었다. 또한, 앞서 얘기한 철도 건설에 수많은 강제징용 노동자들이 희생되었다. 그들의 넋을 기리기 위해 용산역 앞에는 강제징용 노동자 동상이 세워져 있다.

　일제는 조선인 구역과 일본인 구역을 구별하기 위해 용산이라는 지명을 그대로 쓰지 않았다. 그때부터 전쟁기념관이 위치한 부지와 한강대교까지의 지역을 신용산이라 불렀다. 그 일대에는 다수의 일본인이 거주하였으며 동시에 일본 문화가 자리 잡기 시작했다. 가장 특징적인 것은 일본의 제과제빵 기술이 들어온 것이다. 다만, 제과제빵 가격이 비싸서 제과제빵 가게는 일본인 거주 지역에 집중되었다. 그때 들어온 제과제빵 기업 중 일부는 해방 후 우리나라 사람에 의해 인수되었으며 여전히 용산구에 남아있다.

　지금의 용산역은 교통의 중심 역할을 서울역과 나눠가지며 대형 쇼핑몰까지 입점해 있어 복합생활공간이 되었다. 일제 마음대로 구역을 나눠 조성된 신용산 역시 오늘날은 다른 분위기를 풍긴다. 신용산역 1번 출구부터 삼각지역 3번 출구까지 이어지는 구역의 골목은 용리단길이라 불리며 젊은 세대들이 찾는 거리가 되었다. 용리단길은 SNS를 통해 소문이 퍼져 문 열기 한 시간 전부터 줄을 서야 하는 맛집과 낡은 간판을 달고 있는 오래된 밥집이 한 블록 안에 있어 세대를 가리지 않는다.

용리단길이라 불리는 거리가 화랑 거리로 불리던 시절이 있었다. 해방 후 미 군정이 시작되면서 일본군이 떠난 자리를 미군이 채웠다. 미군들은 고국으로 자신들의 모습을 보내기 위해 화랑 거리를 찾아 초상화를 주문했다. 지금도 여전히 화랑 거리에는 투박한 화랑과 액자 가게가 일부 남아 있다.

화랑 거리이자 용리단길이 끝나는 지점에는 삼각지역이 있다. 서울역을 지나는 서울로7017처럼 교통체증을 해결하기 위해 삼각지역에도 삼각지고가차도가 있었다. 고가차도 건설이 유행이던 1967년에 지어졌으나 1994년에 철거되었다. 고가차도의 흔적은 6호선 삼각지역사에 남아 있다. 누렇게 바랜 안내문과 그 옛날 유행했을 법한 진지한 글씨체는 '돌아가는 삼각지'라는 노래로 역사 속 고가차도를 소개한다.

삼각지역 주변은 지하철역과 가까운 곳의 상권이라고는 보기 힘들 정도로 발달되어 있지 않았다. 용리단길의 영향을 받아 새로운 가게들이 입점하면서 분위기가 바뀌었지만 용리단길이 조성되기 전까지만 해도 아파트와 군사 부지, 생선골목 정도가 전부였다. 그렇다 보니 삼각지역에 있는 전쟁기념관 관람을 마치고 나오면 식사할 곳이 마땅치 않아 용산역까지 가야 하는 수고로움이 있었다.

전쟁기념관은 '전쟁을 기억하고 상념 한다.'라는 뜻으로 우리가 흔히 떠올리는, 축하의 의미가 담긴 '기념'과는 다르다. 전쟁기념관이 삼

오늘 여행은 어느 역에서 시작할까?

각지역 부근에 위치한 이유는 앞서 설명한 군사 기지의 역사와 관련 있다. 전쟁기념관이 위치한 부지는 일본군부터 미군까지 외국군이 주둔하다가 우리나라 육군 본부가 들어섰던 곳이다. 이후 육군 본부가 충남 계룡으로 이전하면서 우리나라 군사사를 대표하는 자리에 전쟁기념관이 세워졌다.

전쟁기념관은 전쟁사와 군사사를 전시하는 전시공간이면서 추모공간이기도 하다. 건물 입구로 들어가기 전 만나는 평화의 광장은 6·25 전쟁 참전국의 국기로 둘러싸여 있다. 평화의 광장에서는 참전국의 귀빈이 방문했을 때 헌화 행사가 진행되기도 한다. 별도의 예고 없이 진행되기 때문에 운이 좋다면 광장 전체를 울리는 추모곡을 들을 수 있다.

평화의 광장이 문화행사가 펼쳐지는 공간으로 변신할 때도 있다. 봄 가을에는 일주일에 한 번 의장대 공연이 펼쳐지기 때문이다. 의장대로 복무 중인 아이돌의 공연이 있을 때는 콘서트장을 방불케 할 정도로 많은 관람객이 광장으로 몰린다. 공연이 끝나고 이어지는 포토타임에는 아이돌 가수와 사진을 찍으려는 줄이 너무 길어 시간 안에 다 찍지 못할 정도다.

기념관은 무료입장이며 건물 입구로 들어가면 곧장 2층으로 연결된다. 전시실은 1층부터 3층까지고 선사시대부터 미래 무기까지의 총체적인 전쟁사를 다룬다. 전쟁기념관은 넓은 범주에서 박물관으로 분류

되는데 이에 걸맞게 오픈 아카이브센터를 운영 중이다. 실제로 보면 도서관과 비슷해서 자유롭게 책을 읽을 수도 있다. 전쟁기념관의 또 다른 특징은 부지 안에 웨딩홀이 있다는 것이다. 그래서 주말이면 정 장을 입고 구두를 신은 관람객이 종종 보인다.

한강 이북만 수도 한양에 해당되었던 조선 시대 때는 종로구가 중 심이었다. 하지만 한강 이남을 비롯해 동서남북으로 확장된 수도 서 울의 중심은 바로 용산구다. 바로 그 중심에 우리나라의 대표 박물관 인 국립중앙박물관이 있다. 국립중앙박물관은 서울의 중심에 위치한 다는 의의를 갖고 있지만 접근성이 좋은 편은 아니다. 지하철 이촌역 2번 출구 옆으로는 박물관으로 이어지는 통로가 있고 버스는 박물관 코앞까지 간다. 하지만 도보로 이동하기에는 불편하다. 박물관 부지 양옆과 뒤편이 모두 미군 기지라 도보로 가려면 부지 전체를 빙 둘러 가야 한다. 그러나 미군기지 반환이 결정되었으니 앞으로는 접근성이 좋아질 것을 기대해 볼 수 있다.

국립중앙박물관은 홈페이지 주소부터 'www.museum.go.kr'이라고 쓰며 우리나라를 대표하는 박물관임을 드러낸다. 경복궁에 있던 조선 총독부박물관이 해방 후 국립박물관으로 개관하면서 국립중앙박물 관의 역사가 시작되었다. 6·25전쟁 동안 부산으로 옮겨졌다가 다시 경 복궁으로 돌아온 뒤에도 여러 번 이사를 다니다가 2005년 지금의 용 산 부지에 정착했다.

오늘 여행은 어느 역에서 시작할까?

국립중앙박물관 부지에 들어서면 커다란 연못이 제일 먼저 반겨준다. 연못을 둘러 가면 왼쪽에는 기획전시실이, 오른쪽에는 상설전시실이 있다. 두 건물을 이어주는 계단 위로는 남산서울타워가 보인다. 계단과 지붕을 연결하는 사각형 안에 딱 맞춰 들어가는 남산서울타워의 풍경은 마치 액자 속 사진 같다.

왼쪽의 기획전시실은 외부 업체에서 주관하는 전시 또는 특별 전시가 진행되는 곳이다. 반대편의 상설전시실은 우리나라의 유물을 전시하고 있으며 무료로 입장할 수 있다. 상설전시실 입구의 로비를 지나면 또 다른 로비가 등장하는데 그 끝에 경천사십층석탑이 있다. 경천사십층석탑은 국립중앙박물관을 대표하는 유물이며 박물관 4개 층을 관통하는 높이다. 에스컬레이터를 따라 4층까지 올라가면 석탑의 윗부분을 가까이서 볼 수 있다.

국립중앙박물관에서는 우리나라의 유물뿐만 아니라 전 세계 다양한 문화권의 유물도 볼 수 있다. 4층에 있는 세계전시실은 국가별 또는 지역별로 전시실이 나뉘어 있다. 우리나라와 가까운 일본과 중국 전시부터 중앙아시아, 그리스 로마 등의 전시까지 관람할 수 있다. 세계전시실의 주제는 주기적으로 변경된다. 상설전시실은 항상 똑같은 유물만 전시한다는 고정관념을 깸으로써 관람객의 지속적인 관심을 도모한다.

박물관의 실내만큼 야외 공간에도 볼 것이 많다. 박물관 부지에서 서빙고역방향으로 걸어가면 산책로가 나온다. 산책로를 따라가면 다양한 조각과 석탑을 구경할 수 있다. 무엇보다도 자연 속을 거닐 수 있어 공기부터 다르다. 특히 가을 날 단풍이 무르익었을 때 찾는다면 가장 아름다운 산책로를 만날 수 있다. 산책로를 지나 서빙고역방향으로 더 들어가면 탁 트인 곳에 용산가족공원이 펼쳐진다. 넓은 잔디가 연못을 둘러싸고 있어 피크닉을 나오기에도 좋고 가볍게 산책하기에도 좋다.

국립중앙박물관을 둘러싸고 있는 용산 미군 기지는 반환이 결정되어 용산공원으로 재탄생할 예정이다. 용산 미군 기지 내에는 1900년대 초반에 지어진 건물과 조선통신사가 일본으로 떠나는 길 등 우리나라 역사가 남아 있다. 기지 내 건물 및 환경에 대한 복원과 철거 여부가 아직 결정되지 않아 공원이 되기까지 많은 시간이 걸릴 것이다. 하지만 반환 부지의 일부가 대중에게 개방되면서 미리 용산공원을 엿볼 수 있게 되었다.

서빙고역 1번 출구 맞은편에 위치한 용산공원 부분 개방 부지는 옛날 미군 장교 숙소 5단지로 사용되던 곳이다. 지금도 여전히 주택과 잔디밭이 남아 있고 버스는 다니지 않지만 정류장 표지판은 그대로다. 개방 부지 입구 쪽에 있는 전시관에서는 반환된 부지의 디오라마가 전시되어 있어 미지의 공간에 대해 조금이나마 알 수 있다. 용산공원 부분 개방 부지는 작은 아메리칸 타운이다. 영어로 된 안내판이 곳

오늘 여행은 어느 역에서 시작할까?

곳에 있으며 사람이 많지 않은 날에는 담장 너머로 영어가 들린다.

　용산공원 부분 개방 부지를 작은 아메리칸 타운이라 했지만 사실 이촌역 일대에 해당하는 동부 이촌동은 한때 '리틀 도쿄'로 불렸다. 과거에 신용산을 포함한 동부이촌동 일대에는 일본인들이 모여 살았다. 이러한 역사의 영향을 받아 수십 년 동안 동부이촌동은 일본인 밀집 거주 지역이었다. 하지만 이제는 동부이촌동에서 일본인을 보기 어려워지면서 '리틀 도쿄'라는 별명은 과거가 되었다.

　용산역 주변은 우리나라 땅이지만 역사적으로는 타국의 차지였다. 심지어 용산 미군 기지는 주소마저 미국 캘리포니아주로 되어 있었으니 우리나라 영토라고 부를 수도 없었다. 하지만 이제는 담벼락이 국경이 되었던 과거에서 벗어나 우리에게로 돌아왔다. 당당히 '서울'로 시작하는 주소를 갖게 될 용산반환부지에 발을 디딜 날을 기다린다.

다문화는 이태원에서 시작되었다
녹사평역 ~ 이태원역 ~ 한강진역

지난 편에서 용산역을 중심으로 용산구의 남서쪽을 둘러봤으니 오늘은 동쪽을 둘러보자. 지하철 6호선 녹사평역은 구 용산 미군 기지의 동쪽 끝에 위치한다. 지하철을 타고 녹사평역에서 내리면 광활한 첫인상에 입이 떡 벌어질 것이다. 심지어 유리 돔을 통해 자연 채광까지 들어오니 이렇게 호화스럽고 넓은 지하철역이 또 있을까 싶다. 사실 녹사평역에는 지하철 노선이 하나 더 개통되고 심지어 서울시청사까지 들어올 계획이었다. 하지만 전부 무산되면서 엄청난 규모의 역사만 덩그러니 남았다.

거대한 녹사평역 중심을 가로지르는 에스컬레이터를 타고 올라와 녹사평역 2번 출구로 나가보자. 녹사평역 2번 출구로 나오면 미군 기지 담장을 따라 키 큰 은행나무가 줄지어 서 있다. 여름에는 시원한 바람이 불고 가을이면 아름다운 가을 단풍 명소가 되는 길이다. 후에 용산공원이 조성되면 이 길 어딘가에 공원으로 들어갈 수 있는 입구가 생기지 않을까 기대해 본다. 은행나무 길을 따라 올라가면 장독대가 늘어선 가게를 발견할 수 있다. 미군이 기념품으로 고국에 장독대를 보내던 시절부터 자리를 지켜온 곳이다.

장독대 가게를 지나면 해방촌이 나온다. 이 지역이 해방촌이라 불리게 된 이유는 1945년 해방 이후 해외에서 지내던 사람들과 월남한 사람들이 모여 살면서 해방 이후 조성된 마을이기 때문이다. 지금은 젊은 세대 사이에서 개성 있는 맛집과 포토존으로 인기를 끌고 있다. 저녁 시간대나 주말에 해방촌을 찾으면 한국어와 영어가 섞여 들리고 반짝이는 간판 아래서 맛집에 들어가기 위해 기다리고 있는 사람들을 쉽게 볼 수 있다.

해방촌을 깊이 들어가면 들어갈수록 경사는 가팔라지고 미로 같은 골목길은 끝없이 이어진다. 게다가 젊은 세대를 사로잡는 맛집과 생긴 지 얼마 안 된 아기자기한 가게들의 간격 또한 점점 벌어진다. 수많은 사람들의 손때가 묻은 해방촌은 신흥시장을 지나 후암동108계단에서 정점을 찍는다. 좁고 가파른 골목에 위치한 후암동108계단은 일제강점기 당시 경성 호국 신사로 이어지는 길이었다. 경성 호국 신사는 해방 후 당연히 철거되었으며 신사로 향하던 길은 후암동108계단이라는 지역 명소로 다시 불리게 되었다. 108계단을 순수하게 오르내리는 것도 좋지만 계단이 부담스러운 사람들을 위해 경사로 승강기가 설치되어 있다. 경사로 승강기를 타고 아래로 내려가면 남산 바로 밑에 자리 잡은 후암동으로 이어진다.

이제 다시 녹사평역으로 가서 이번에는 1번 출구로 나가자. 녹사평역 1번 출구로 나와 뒤를 돌면 이태원동으로 연결되는 다리가 보인다. 이 다리는 녹사평육교라는 실용적인 이름과는 어울리지 않는 낭만적인 풍경을 선사한다. 육교에 올라서 북쪽을 바라보면 녹사평대로 끝으로 남산과 그 위에 우뚝 솟은 남산서울타워가 보인다. 이곳이 서울 시내에서 남산서울타워가 가장 잘 보이는 곳이다. 녹사평육교의 풍경은 이태원을 배경으로 한 드라마 덕분에 유명해졌다. 드라마 주인공이 육교에 서 있는 장면이 자주 등장하면서 우리나라뿐만 아니라 해외에도 녹사평육교가 알려졌다. 드라마가 방영된 시기가 코로나 팬데믹과 겹쳐 해외여행이 어려운 때였지만 외국인 관광객들이 육교에 서서 드라마 얘기를 하며 사진 찍는 모습이 심심치 않게 보였다.

녹사평육교를 건너 이태원동으로 들어오면 좁은 언덕길에 도착한다. 언덕길 남쪽에 위치한 가게들에는 초목이 우거진 풍경을 내다볼 수 있는 테라스 자리가 마련되어 있다. 날이 어두워지면 테라스 자리에 촛불을 켜 로맨틱한 분위기를 연출하기도 한다.

오늘 여행은 어느 역에서 시작할까?

언덕길에서 아래로 내려가지 않고 북쪽으로 계속 올라가면 이태원 동 한중간을 가로지르는 회나무로가 나온다. 이 길은 회나무로보다는 경리단길로 잘 알려져 있다. 동네마다 사람들이 자주 찾는 거리에 '-리단길'이라는 이름을 붙이곤 하는데 그 시초가 바로 이태원의 경리 단길이다. 사실 경리단길이라는 이름의 유래는 그다지 낭만적이지 않다. 녹사평대로와 회나무로가 교차하는 지점에 위치한 국군재정관리 단의 과거 이름이 육군중앙경리단이었다. 육군중앙경리단에서 '경리 단'을 따와 회나무로 끝에 위치한 호텔까지의 길을 경리단길이라 부르기 시작했다. 육군중앙경리단의 이름은 바뀌었지만 경리단길이라는 이름은 하나의 문화로 자리 잡았다.

녹사평육교와 이어진 언덕을 기준으로, 위로 올라가면 경리단길이지만 아래로 내려가면 이태원의 주요 거리가 펼쳐진다. 녹사평역에서 이태원역으로 이어지는 보도에는 세계 각국의 언어로 인사말이 적혀 있다. 이태원의 성장은 용산의 역사와 밀접한 관계를 갖는다. 일제강점기 이후 용산에 미군이 주둔하면서 미군 기지 바로 옆에 위치한 이태원이 기지촌이라 불리며 용산 기지의 미군을 상대로 장사를 시작했다. 그때부터 이태원에 미국의 문화가 유입되기 시작했다. 지금도 이태원에는 미국식 캐주얼 식당과 피자 가게 등 미국의 음식 문화를 알수 있는 가게가 남아있다.

하지만 이태원의 성장은 미군 부대의 영향에서 그치지 않았다. 다양한 나라의 문화가 자리 잡으면서 더 이상 기지촌이 아닌 다문화 지역이 된 것이다. 전 세계 각국의 대사관이 몰려 있으며 퀴논길과 이슬람 거리 같은 특화 거리도 조성되었다. 간판에서 한국어보다 외국어를 더 많이 발견할 수 있는 것 또한 이태원의 대표적인 특징이다.

이태원의 국제성은 한남동으로 이어진다. 한남동은 우리나라에서 대사관이 가장 많이 몰려 있는 곳이며 한강진역 1번 출구 바로 앞에는 국제 학교가 있다. 한창 취업을 준비할 때 종종 대사관에 원서를 넣었다. 그러던 어느 날 서류에 합격해 면접을 보러 가게 되었다. 지도로 미리 길을 검색해서 시간까지 넉넉하게 잡고 출발했지만 인터넷 지도로는 한남동의 경사를 짐작하기 어렵다는 사실을 간과하고 말았다. 면접이라 어쩔 수 없이 구두를 신은 것을 얼마나 후회했던지. 끝나지 않는 오르막을 내리 걸은 끝에 대사관에 도착했을 때는 이미 땀으로 이마가 촉촉했다. 그때 이후 한남동을 도보로 이동할 때는 거리보다는 경사를 주의하게 되었다.

이태원 일대는 어쩔 수 없이 군 시설의 영향을 많이 받았다. 상권이 조성된 것도 지금의 문화가 시작된 것도 용산에 위치한 다양한 군 시설에서 비롯했다. 군 시설이라는 단어는 딱딱하고 경직된 느낌이지만 사실 그 안에도 수많은 사람들의 평범한 일상이 있다. 그들의 일상과 함께 성장한 동네가 바로 이태원이다.

오늘 여행은 어느 역에서 시작할까?

불광천을 따라 걷다
새절역 ~ 증산역 ~ 망원역

　'**개발이 곧 돈**'이 된 세상에서 옛 정취가 남아 있는 서울 한 구석을 찾는 것은 어렵다. 나의 예전 직장 동료는 불편하더라도 개발되기 전의 정취를 느껴보겠다며 보광동에 잠시 살았었다. 이제는 서울 대부분의 지역이 고층 아파트로 빼곡하지만 4층을 넘기지 않는 아기자기한 빌라가 모여 있는 동네가 남아 있는 곳이 있다. 6호선 새절역 주변에서는 넓은 도로와 골목길이 어우러진, 조용하고 아기자기한 서울을 찾을 수 있다.

　비교적 최근까지 증산동에는 한 번도 가본 적이 없었다. 서울이고 도보로 가기에도 접근성이 좋지만 친구들과 약속을 잡을 때면 늘 가던, 소위 '핫플'이 몰려있는 동네를 골랐다. 그러던 어느 날, 꼭 한 번 가보고 싶은 가게가 새절역과 증산역 근처에 있다는 것을 알게 되면서 처음으로 증산동을 찾았다.

새절역 3, 4번 출구로 나가 골목 안으로 들어가면 곳곳에 보물처럼 숨어 있는 카페를 찾을 수 있다. 흔치 않은 메뉴로 사람들을 끌어모으는 카페가 있는가 하면 평범한 빌라 틈에서 유럽 감성을 담은 베이커리가 보이기도 한다. 게다가 신사근린공원을 뒤에 두고 증산역 방향으로 내려가면 시장이 형성되어 있어 정겨운 음식점이 밀집해 있다. 조용한 증산서길의 음식점들은 한식, 양식을 가리지 않고 사람들을 맞는다.

이번에는 넓은 대로로 나와 보자. 땅 밑으로 6호선 지하철이 지나다니는 증산로는 가을단풍길로 유명하다. 고층 건물이 없는 덕분에 바람과 햇빛을 오롯이 받을 수 있어서 단풍이 유독 아름다운가 보다. 증산로와 나란히 뻗어 있는 불광천으로 가기 위해서는 길 중간에 있는 계단을 따라 내려가야 한다. 옛날부터 냇가는 사람들이 모이는 장소였다. 부인들이 빨랫감을 가지고 삼삼오오 모여앉아 얘기를 나누던 냇가는 이제 남녀노소 가리지 않고 모여드는 곳이 되었다. 불광천을 따라 조성되어 있는 산책로에는 어르신들이 빠른 걸음으로 가벼운 운동을 하고 계시고 전신 거울 여러 개가 붙어 있는 조그만 공터에서는 중학생들이 아이돌 노래에 맞춰 춤을 연습한다. 청계천과는 또 다른

오늘 여행은 어느 역에서 시작할까?

친근한 분위기가 마음에 들어 나 역시 동네 주민인 듯 느긋하게 걸음을 옮겼다.

불광천을 기준으로 우리가 앞서 둘러본 서쪽 마을은 동쪽 마을에 비하면 한적하고 조용하다. 불광천의 동쪽에는 건너편에서 봐도 강렬한 네온사인과 세련된 가게들이 눈에 띤다. 불광천에서 보지 못한 2030세대들이 모이는 곳은 따로 있었던 것이다. 이곳에서는 가볍게 쓰윽 지나치기만 했는데도 유명 맛집의 향기를 맡을 수 있다. 사실 불광천의 동쪽은 먹자골목으로 유명하다. 커다란 음악소리가 울리는 피자 가게와 분위기 좋은 바 사이의 도로에는 큼지막하게 '응암오거리 먹자골목길'이라 적힌 간판이 붙어 있다.

'핫플'이라는 단어 이전에는 '먹자골목'이라는 단어가 있었다. 음식점이 많은 곳에는 사람이 모이고 사람이 모이면 맛있는 집이 들어선다는, 닭이 먼저냐 계란이 먼저냐 같은 논리다. 먹자골목은 음식점이 몰려있다는 의미의 다소 제한적인 범주였으나 그 범위가 발전하여 만들어진 단어가 핫플이라 할 수 있다.

사실 증산역은 뒤로는 반홍산이 뻗어있고 앞으로는 불광천이 흐르는 배산임수의 마을이다. 하지만 옛날에는 한강과 이어지는 불광천이 장마철이면 범람할 때가 많아 마냥 고맙기만한 존재는 아니었다. 지금은 한강 범람을 걱정할 필요가 없으니 오히려 자연과 어우러진 멋이 담긴 동네가 되었다. 불광천은 남쪽으로 흘러가서 디지털미디어시

티역을 지나 월드컵경기장을 거쳐 홍제천과 만난다.

홍제천과 만나는 교차지점에서 망원역 방향으로 내려가거나 망원역 2번 출구에서 월드컵로13길을 따라 걸어가면 또 다른 번화가를 만날 수 있다. 관광객에게 유명한 시장이 광장시장이라면 우리나라 젊은층에게 유명한 시장은 단연코 망원시장이다. 떡볶이, 도넛, 족발과 같은 전형적인 시장 메뉴는 말할 것도 없고 불로 익혀 먹는 아이스크림과 닭강정, 호떡 등 요즘 간식거리로도 유명하다. 특히 망원시장의 시그니처와도 같은 떡갈비와 고추튀김은 백화점에 입점까지 하며 말 그대로 '시장'을 넓혔다.

망원시장이 이 정로도 유명해진 데는 망원시장 주변으로 형성된 상권이 '망리단길'이라 불리며 SNS를 타고 유명해진 것이 큰 몫을 했다. 사람이 몰리면 몰릴수록 망원시장과 망리단길을 잇는 상권은 더욱 굳건해진다.

망원시장과 멀지 않은 곳에는 망원한강공원이 있다. 망원시장에서 배불리 먹고 소화를 시켜보고자 한강공원 방향으로 걸어가다 보면 길목마다 망원한강공원을 가리키는 표지판을 볼 수 있다. 표지판이 가리키는 곳을 따라 한강공원까지 쉽게 갈 수도 있지만 내가 추천하고 싶은 길은 따로 있다. 홍제천에서 망원한강공원으로 이어지는 길은 냇물이 흐르는 소리가 들리는, 자연친화적인 공간이다. 오가는 사람이 많지 않아서 조용하게 산책하기 좋다.

경기도와 서울을 잇는 직행 버스를 자주 타고 다니던 시절이 있었

오늘 여행은 어느 역에서 시작할까?

다. 직행 버스는 한강을 따라 달리며 망원한강공원을 지나치는 노선이었다. 어느 늦은 밤 창가 자리에 앉아 버스를 타고 가는데 망원한강공원에 다다랐을 때쯤 새까만 한강 위로 반짝이는 함선이 보였다. 도대체 왜 서울 한복판에 함선이 정박해있는 걸까?

지금은 망원동이 시장과 카페로 유명하지만 옛날 망원동은 배가 지나가는 길목이었다. 함선이 전시된 서울함공원은 조선시대 수군훈련장으로 사용되었던 장소로, 역사적으로 봤을 때 함선이 전시되기에 가장 알맞는 곳이다. 서울함공원에 전시되어 있는 함선들은 모두 퇴역한 군함으로 서울함, 참수리호, 잠수함 등 3척이 전시되어 있다. 서울함의 내부 또한 구경해볼 수 있으니 이용시간에 맞춰 간다면 3,000원의 입장료를 내고 둘러볼 수 있다.

증산동에 10년 넘게 살고 있는 사람을 만난 적이 있다. 그 사람의 고향이 증산동은 아니지만 증산동으로 이사 온 후에는 동네의 매력에 푹 빠져서 앞으로도 쭉 살고 싶다고 했다. 그 말을 들었던 것은 증산동을 방문하기 전이었기 때문에 과연 증산동에는 어떤 매력이 있을까 늘 궁금했다. 직접 증산동에 가보니 그 매력을 느낄 수 있었다. 조용한 서울, 옛 정취가 남아있는 곳, 단골손님만으로도 장사가 될 것 같은 가게들. 망원동이 젊은 세대 사이에서 유명해진 이유도 비슷한 맥락이지 않을까? 체인점의 아는 맛을 즐기는 것도 좋지만 보물을 찾듯 나만의 가게를 찾아내는 것, 그것이 증산동과 망원동의 매력이며 나 역시 그 매력에 빠져버렸다.

III.

서울,
도심 속 자연

한강 위에 떠 있는 섬을 만나다
선유도역 ~ 여의나루역 ~ 국회의사당역

지금까지 도시의 역사와 사람 사는 냄새에 집중했다면 이제부터는 서울의 자연을 들여다보자. 서울이라 하면 아찔한 고층 빌딩과 노랗고 빨간 불빛의 차들이 만들어내는 야경이 떠오른다. 하지만 서울에도 도시의 빠른 속도에 지친 사람들을 위한 휴식 공간이 있다. 휴대전화와 컴퓨터에서 눈을 떼고 자연의 초목을 바라보며 눈의 피로를 달랠 수 있는 곳, 퇴근 시간 꽉 막힌 차도에서 헤드라이트와 백라이트 너머 유유자적한 한강을 만날 수 있는 곳, 몸과 마음이 휴식을 취할 수 있는 곳을 소개하겠다.

망원한강공원이나 합정역에서는 양화대교를 통해 한강을 건널 수 있다. 양화대교는 가운데에는 차도를, 양 끝에는 인도를 두고 있어 충분히 걸어서 횡단이 가능하다. 출퇴근길의 양화대교 차도는 진입조차 어려울 정도로 막히지만 인도는 여유롭다. 그러나 그런 인도마저도 붐비는 날이 있다. 바로 매년 1월 1일이다. 새해 첫날에는 새해 첫 일출을 보기 위해 등산을 하거나 동해로 떠나는 사람들이 있다. 하지만 굳이 어딜 가지 않고 서울 도심에서도 충분히 일출을 즐길 수 있는 곳이 바로 양화대교다.

전 직장은 휴일에도 출근을 할 때가 있었는데 하필 1월 1일 출근이 걸렸던 날이었다. 새해 첫날은 또 다른 휴일이라며 늦잠을 즐기고 싶었지만 출근하기 위해 어쩔 수 없이 해도 뜨지 않은 깜깜한 아침에 일어나야 했다.

눈만 떴을 뿐 머리는 멍한 상태로 버스를 타고 양화대교에 들어섰다. 한강을 지날 때면 창밖을 보는 것이 습관이라 여느 때처럼 창밖을 바라봤는데 무리 지은 사람들이 난간에 기대 한강 방향을 바라보고 있었다. 처음에는 사이클 동호회 정도로 여겼으나 다리 중간으로 갈수록 사람이 많아지는 것을 보며 범상치 않은 분위기를 감지했다. 사람들의 시선이 닿는 곳으로 눈을 돌리자 한강 위로 붉은 태양이 솟아오르고 있는 것이 아닌가. 얼떨결에 새해 첫 일출을 만난 것에 감격해서 양화대교를 건너는 내내 사진을 찍었다. 나뿐만 아니라 버스 안에 있던 몇 안 되는 승객들 모두 창문에 카메라를 바짝 붙였다.

그러나 양화대교의 최대 인파를 목격한 것은 다른 날이었다. 10월 초 어느 주말에 친구와 선유도 구경을 갔다가 나오는 길이었다. 이상하게도 그날따라 양화대교에 정체되어 있는 인파가 많았다. 오늘이 무슨 날이냐며 친구와 의아해하던 찰나 여의도에서 불꽃축제를 한다는 사실이 떠올랐다. 우리는 여기서도 불꽃축제가 보이나 보다면서 가벼운 생각으로 난간에 자리를 잡았다.

시간이 흐를수록 다리 위 인파는 점점 불어났고 나중에는 버스가 정류장에 사람들을 내려주지 못할 정도로 인도와 차도 구분 없이 꽉 막혀버렸다. 그래도 여의도보다는 덜 할 것이라고 스스로를 위로하며 멀리서나마 불꽃축제를 즐겼다. 진짜 문제는 불꽃축제가 끝난 다음이었다. 몇 시간에 걸쳐 서서히 모여들었던 인파가 한 번에 빠져나가려니 차도를 인도처럼 걸어가는 사람도 보였다. 그날 이후 다시는 여의도 불꽃축제 명당을 찾아가지 않았다.

양화대교의 남단 부근에는 선유도 공원 입구가 있는데, 지하철 9호선 선유도역 2번 출구로 나와 한강 방향으로 걸어가서 양화한강공원을 통해 선유도로 갈 수 있다. 선유도는 한강에 떠 있는 섬으로 한때 서울에 물을 공급하는 정수장이었다. 정수장으로서의 역할을 다한 선유도는 생태공원으로 재탄생했다.

날씨가 좋은 봄이나 가을에는 문득 선유도가 떠오른다. 선유도를 꾸준히 찾는 이유는 여유롭게 자연을 누릴 수 있기 때문이다. 한강에 인

오늘 여행은 어느 역에서 시작할까?

접한 공원인데도 이렇게 사람이 없을 수 있나 싶을 정도로 여유롭다. 잔디밭에 다닥다닥 붙어 앉는 여느 한강공원과는 다르게 서로의 말소리가 들리지 않을 정도의 거리를 확보한 채 앉을 수 있다. 잔디밭이나 의자에 앉아서 친구와 얘기를 하다 보면 어디선가 어린아이의 자지러지는 웃음소리가 조용한 공기를 뚫고 청아하게 들리기도 한다.

선유도 정문 쪽에는 작은 온실이 마련되어 있으며 조금 더 들어가면 전시관에서 한강의 생태계를 공부할 수도 있다. 나름대로 볼거리를 준비해 놨지만 선유도의 가장 큰 매력은 가로수길이다. 일직선으로 난 도로를 따라 곧게 뻗은 가로수길을 걸어볼 것을 추천한다. 멈춰 서서 사진으로 남기고 싶은 충동을 잠시 누르고 바람에 부딪히는 나뭇잎 소리에 집중해 보자. 운이 좋다면 가로수길 근처에서 감나무를 발견할 수도 있다.

선유도의 푸른 하늘과 바람에 서로 부딪히는 가로수, 그리고 반짝이는 한강을 감상할 수 있는 낮도 좋지만 일몰 후도 아름답다. 선유도와 양화한강공원을 잇는 선유교는 해가 지면 알록달록한 조명으로 빛나 무지개다리로도 불린다. 비록 무지개다리를 건널 때는 무지개다리가 내뿜는 빛을 감상할 수는 없지만 다리 위에 서면 저 멀리 보이는 여의도 야경을 감상할 수 있다.

선유도의 한가로움은 양화한강공원으로 이어진다. 양화한강공원에는 구불구불한 가로수길을 따라 걷는 매력이 있다. 나무 사이의 좁은 길을 따라 걸으면 공원과 숲 그 사이 어딘가를 걷는듯하다. 가로수길 양쪽으로는 잔디가 넓게 펼쳐져 있어 돗자리를 펴고 피크닉을 즐길 수도 있다.

잔디와 잘 어울리는 무늬의 돗자리, 유럽 감성 넘치는 라탄 바구니, 바구니 속 간단한 샌드위치와 구움과자. 피크닉에 대한 로망이 있는 사람이라면 한 번쯤 떠올려봤을 것들이다. 예쁘기는 하지만 내가 직접 준비하려면 번거롭고 무겁다. 현실적인 여건으로 로망을 포기하려는 사람들을 위해 선유도역 주변에는 피크닉 세트를 대여할 수 있는 카페가 있다. 저렴한 편은 아니지만 피크닉 준비에 드는 수고로움까지 값으로 매긴다면 꽤 합리적인 가격이라고 할 수 있다.

선유교에 서서 한강 너머를 보며, 생각보다 여의도가 가깝다고 생각했던 날이었다. 마침 체력에 여유가 있던 터라 양화한강공원에서 여의도 한강공원까지 호기롭게 걸어갔다. 같은 영등포구 안에 있지만 양평에서 여의도까지 걸어가는 것은 생각만큼 만만하지 않았다. 표지판은 계속 여의도 한강공원을 가리키는데 가도 가도 여의도는 보이지 않았다. 푸르른 자연이 질리기 시작하더니 버스를 타고 싶어질 때쯤 드디어 여의도 한강공원에 도착했다. 막상 도착하고 보니 걸어갈 만하다는 생각이 들었지만 그때 이후로 걸어가 본 적은 없다.

주말의 여의도 한강공원은 여유라고는 온데간데없이 사람들로 바글바글하다. 지하철 5호선 여의나루역 2. 3번 출구에서 한강공원으로

오늘 여행은 어느 역에서 시작할까?

들어가는 길목에는 간식을 파는 가판이 즐비하고 돗자리 가판 앞은 돗자리를 대여하거나 구입하려는 사람들로 북적인다. 인파를 뚫고 돗자리를 사거나 미리 챙겨온 돗자리를 들고 공원으로 내려오면 돗자리를 펼칠 곳을 찾아야 하는 또 하나의 관문이 남아 있다. 텐트와 캠핑용 테이블 등 빈틈없이 갖춘 사람들이 있는가 하면 즉흥적으로 돗자리를 사서 배달시킨 치킨을 먹고 있는 사람들도 보인다. 중간에 자리를 이동하고 싶지 않다면 해가 지는 방향을 잘 생각해서 자리를 잡자.

평일의 여의도 한강공원에는 주말과는 다른 매력이 있다. 고층 빌딩이 많다는 것은 다른 의미로 그만큼 일하는 사람도 많다는 뜻이다. 그렇다면 여의도에 얼마나 많은 직장인이 오고 가겠는가. 퇴근 후 편의점에서 캔맥주를 사다 공원 계단에 걸터앉은 채 들이켜도 어색하지 않다. 여의도 한강공원은 직장 스트레스를 맥주로 날려 보낼 수도, 한강 물에 흘려보낼 수도 있는 곳이다.

여의도 한강공원의 상징을 즉석 라면이라 말하는 사람도 있겠지만 나는 유람선이라 하겠다. 여의도 한강공원에서 출발하는 유람선은 낮과 밤을 가리지 않고 물길을 달린다. 총 4개의 코스가 있는데 여의도 기준으로 서쪽과 동쪽으로 향하는 코스가 각각 2개씩 있다. 유람선은 서쪽으로는 성산대교까지, 동쪽으로는 반포대교까지 달리며 그보다 짧은 코스도 있다. 코스마다 운항시간이 다르기 때문에 홈페이지를 통해 미리 알아보고 가는 것이 좋다. 내가 추천하고 싶은 코스는 해가

진 후 반포대교까지 가는 코스다. 반포대교는 무지개분수 다리로 알려져 있다. 늦은 저녁이 되면 무지개색의 조명을 따라 분수쇼가 펼쳐지기 때문이다. 유람선을 타고 가면 무지개 분수 바로 앞까지 갈 수 있다. 단, 물보라를 맞을 수도 있으니 조심해야 한다.

여의도 한강공원이 축제 현장이 될 때도 있다. 여름밤에 찾은 밤도깨비 야시장에서는 불향이 스며든 음식 냄새가 희뿌연 연기를 타고 퍼진다. 조리하는 과정에서 뿜어져 나오는 열기 때문에 마냥 더울 거라고 생각할 수도 있지만 시원한 맥주와 강바람 덕분에 쉽게 더위를 잊을 수 있다. 심지어 밤이 깊어갈수록 온도가 떨어져서 얇은 외투를 챙겨야 할 정도다.

여의도를 상징하는 축제는 봄과 가을에 한 번씩 열린다. 봄에는 벚꽃이 만발한 윤중로 덕분에 여의도는 또 한 번 붐빈다. 가본 적은 없어도 뉴스나 SNS를 통해 이야기는 들어봤을 정도로 윤중로 벚꽃길은 서울을 넘어 우리나라를 대표하는 벚꽃 명소다. 벚꽃길은 국회의사당의 절반을 둘러 길게 뻗어 있기 때문에 여의도 봄꽃축제 기간의 국회의사당역은 9호선 지하철에서부터 붐빈다. 커피 한 잔 들고서 벚꽃길을 걷고 싶은 마음은 사람이라면 다 같은 건지 국회의사당역 1번 출구부터 윤중로까지 이어지는 길 위 카페로 인파가 옮겨간다. 하지만 사람들의 밀집도에 놀라기에는 아직 이르다. 윤중로에 도착하는 순간 벚꽃잎만큼 많은 사람들을 보게 될 테니. 윤중로를 따라 쭉 걸어내려갈

오늘 여행은 어느 역에서 시작할까?

수록 사람이 줄어들기 때문에 여유롭게 사진을 찍고 싶다면 충분한 체력이 필요하다.

가을의 한중간에는 여의도에서 불꽃 축제가 펼쳐진다. 앞서 양화대교에서 구경했던 바로 그 불꽃 축제다. 세계불꽃축제인 만큼 우리나라뿐만 아니라 세계 각국의 불꽃쇼를 볼 수 있다. 일 년에 딱 한 번뿐인 귀한 볼거리인 만큼 자리를 잡기가 쉽지 않다. 일찍이 '명당자리'라 불리는 곳들은 돈으로 거래가 된다. 공원이나 다리 위처럼 공공시설의 명당자리는 시간 싸움이다. 날이 채 밝기도 전에 자리를 잡는 사람부터 삼각대로 카메라를 설치해놓고 생중계하는 사람까지 다양한 모습을 볼 수 있다. 불꽃축제가 시작하기 전과 끝나고 난 후에는 인파에 질려 이렇게까지 해서 볼 일이냐며 고개를 절레절레 가로젓기도 한다. 하지만 불꽃축제를 구경하는 그 순간만큼은 힘들게 자리 잡느라 고생했던 것도, 인파를 뚫고 집에 갈 걱정도 떠오르지 않는다. 오로지 화려하고 눈부신 불꽃에 집중한 채 아름다움에 빠진다.

여의도라 하면 한강공원이 제일 먼저 떠올랐던 때도 있었지만 대형 쇼핑몰이 두 개나 들어선 이후로는 달라졌다. 여의도역 3번 출구 방향에 있는 연결통로를 따라 무빙워크에 오르면 두 개의 쇼핑몰에 차례로 닿는다. 쇼핑, 식사, 영화까지 한 번에 해결할 수 있는 쇼핑몰은 다른 곳에서도 찾을 수 있다. 여의도 쇼핑몰로 사람들이 유독 몰리는 이유는 다른 곳에는 없는 가게가 입점해 있고 다른 곳에서는 볼 수 없는 것들을 전시하기 때문이다. 유료뿐만 아니라 무료 전시도 시즌별로 다양하게 진행하기 때문에 사전 예매 전쟁이 치열하다. 그 덕분에 여의도는 사시사철 붐비는 곳이 되었다.

한강을 따라 난 공원은 어림잡아도 10개가 넘는다. 그러나 한강을 공유한다고 해서 모두 같은 공원이라고 볼 수는 없다. 어떤 공원은 유난히 한적한가 하면 어떤 공원은 늘 붐빈다. 우리는 그중 취향에 맞춰 가고 싶은 공원을 정하기만 하면 된다.

오늘 여행은 어느 역에서 시작할까?

여의도 봄꽃축제가 열리는 국회의사당역과 여의도역은 모두 지하철 9호선이 지나는 역이다. 2009년에 개통한 9호선은 한강 이남 서울의 서쪽 끝과 동쪽 끝을 연결하는 노선이다. 9호선 지하철역에서 열차를 기다리다 보면 가끔 '완행열차'라는 단어가 들리곤 한다. 비둘기호와 함께 추억 속으로 사라진 단어로 이제는 그 자리를 보통 열차와 일반 열차가 대신한다. 9호선 지하철역에서 추억의 단어가 들리는 이유는 9호선 열차가 급행과 일반행으로 나뉘기 때문이다. 급행은 환승역 또는 유동인구가 많은 역에만 정차하고 일반행은 9호선이 지나는 모든 역에 정차한다. 1호선을 주로 타고 다니던 친구가 9호선 급행열차를 타고는 '9호선의 급행은 정말 급행이더라.'라며 감탄했다. 그만큼 일반열차보다 확연하게 빠르지만 그래서 겪는 고충도 있다.

열차에 승객이 너무 많아 숨 쉴 공간조차 확보하기 힘든 지하철을 보고 지옥철이라고 부른다. 서울이 천만 인구의 도시라는 것을 실감케 하는 단어다. 9호선 급행열차는 바로 그 지옥철 중 하나다. 출퇴근 시간대 김포공항역 종점에서 출발하는 급행열차는 여의도역에 도착하기도 전에 이미 가득 찬다. 심지어 평일 낮 시간대도 승객이 많은 것을 보면 9호선 급행열차는 요일과 시간에 상관없이 이용객이 많다는 것을 알 수 있다.

이제 여의도역에서 9호선을 타고 서쪽으로 가보자. 일반열차를 타고 가야지만 도착할 수 있는 노들역이 목적지다. 노들역 2, 3번 출구로 나가 한강대교 방향으로 직진하면 한강대교 바로 아래에 떠 있는 노들섬으로 갈 수 있다. 노들섬은 꽤 오랜 세월 동안 잊혀 있었으나 2019년에 복합문화시설로 다시 태어났다. 노들섬은 하나의 섬이지만 한강대교 위에서 보면 동쪽과 서쪽으로 나뉜다. 대교를 가로지르는 다리를 통해 노들섬의 서쪽과 동쪽을 오갈 수 있는데 섬의 서쪽에는 잔디밭과 카페, 음식점이 있어 피크닉을 즐기거나 휴식하기에 좋고, 동쪽에는 다목적 홀이 있어 종종 문화 행사가 열린다. 서쪽에 있는 대형 카페에는 책이 전시되어 있어 자리로 가져가 읽을 수도 있다. 하지만 이러한 먹거리나 놀거리보다도 노들섬을 상징하는 것은 커다란 보름달

오늘 여행은 어느 역에서 시작할까?

이다. 노들섬에는 한강 이남을 바라보는 방향으로 커다란 보름달 조형물이 있다. 해가 지면 한강을 환하게 비춰서 한강대교를 지나가는 사람들의 시선을 사로잡는다.

다시 9호선 지하철을 타고 이번에는 동작역으로 가보자. 지하철 역 중 일부는 역 뒤에 주요 장소가 수식으로 붙는데 동작역이 그러하다. 동작역 뒤에는 '국립서울현충원'이 붙는다. 6·25전쟁 중 조성되기 시작한 국립서울현충원은 6·25전쟁 전사자를 위한 국군묘지였으나 1960년대부터 대상이 확대되어 애국지사 및 경찰관 등이 포함되었다.

국립서울현충원에 대한 첫 기억은 유치원에 다니던 시절이다. 6월의 다른 이름인 '호국 보훈의 달'을 맞아 국화 한 송이를 들고 현충원으로 견학을 가는 것이 연례 행사였다. 헌화 행사를 위한 국화 한 송이가 버스에서 혹시 구겨지지는 않을까 잘못해서 꺾이지는 않을까 노심초사하며 현충원으로 향했다.

하얀 반팔 소매와 남색 치마 원복을 차려 입고 헌화 행사를 위해 초여름 햇살 아래 어느 비석 앞에 서 있었던 기억이 지금도 뚜렷하다. 그날따라 유독 햇볕이 날카롭게 내리쬐고 있었지만 소풍 사진을 찍는 사진작가 앞에서는 눈을 찌푸리지 않으려고 애쓰며 꽃을 들고 꿋꿋하게 서 있었다.

현충원 방문객 중에는 국군장병도 찾을 수 있는데, 병역의 의무를 이행 중인 장병들이 현충원에 방문할 경우 방문 인증을 통해 휴가를 받을 수 있기 때문이다. 휴가를 위한 방문 인증이 가능한 곳은 국립서울현충원 말고도 용산에 있는 전쟁기념관과 천안에 있는 독립기념관이 있다. 그렇다 보니 학생들뿐만 아니라 국군장병들의 발길이 끊이지 않는 곳이 되었다. 단, 휴가 인증 제도는 모든 부대에 적용되는 것은 아니니 사전에 알아보는 것을 추천한다.

동작역이 4호선과 9호선 등 2개의 지하철 노선이 지나는 곳이라면 다음으로 둘러볼 고속터미널역은 3호선, 7호선, 9호선 등 3개의 노선이 지나는 곳이다. 게다가 버스 터미널이기도 해서 눈으로는 가늠할 수 없을 정도로 유동인구가 많다. 한동안 출퇴근길로 고속터미널역의 환승 구간을 거쳐야 했던 적이 있다. 오가는 사람이 너무 많아서 가는 방향만 바라보며 목적지향적으로 걷는 것이 습관이 되었다.

그러던 어느 퇴근길, 고속터미널역 환승 구간을 지나던 중 바이올린 연주 소리가 들렸다. 소리가 나는 쪽으로 고개를 돌려 보니 한 외국인 바이올리니스트가 사람들이 지나다니는 길목에서 비켜서 연주하고 있었다. 연주자의 무심하게 뒤로 넘긴 백발과 캐주얼한 옷차림이 인상적이었다. 바이올린 연주를 처음 들었던 그날 이후로 퇴근길이면 바이올린 연주를 기대하게 되었다. 하지만 더 이상 고속터미널역에서 환승할 일이 사라지면서 바이올린 연주도 들을 수 없었다. 그리고 몇 달 후 노량진역 환승 구간에서 그 바이올리니스트를 다시 만났다. '그때 그 바이올리니스트'라는 생각에 나 홀로 반가워하며 오랜만에 다시 연주에 빠져들었다.

고속터미널역은 버스 터미널을 중심으로 상권이 형성되어 있다. 지하철역과 버스 터미널을 잇는 쇼핑몰은 쇼핑과 음식을 책임지며 고속터미널역을 터미널 이상으로 끌어올렸다. 이러한 복합 쇼핑몰은 다른 곳에도 많지만 고속터미널역에 있는 쇼핑몰은 유럽의 기차역 같은 분위기를 풍기며 세련됐지만 클래식한 감성의 시계탑까지 두고 있다.

고속터미널역의 유럽 감성은 사실 이미 오래전에 시작되었다. 고속터미널역 5번 출구로 나가면 만날 수 있는 서래마을은 다양한 맛집과 카페로 유명하지만 프랑스 마을로도 알려져 있다. 우리나라에 거주하는 프랑스인 절반에 가까운 수가 서래마을에 살고 있기 때문이다. 현재는 프랑스인 거주자 수가 줄어들고 있다고는 하지만 '서래마을 카페 거리'로 알려진 서래로에 들어서자마자 프랑스어가 들렸던 기억을 떠올려 보면 서래마을에는 여전히 프랑스 분위기가 흐른다.

서래로를 따라 경사로를 올라가거나, 지하철 2호선 서초역 5번 출구로 나와 대법원을 오른쪽에 두고 꺾어 올라가면 몽마르뜨공원으로 들어가는 진입로가 보인다. 프랑스 파리의 유명한 몽마르뜨언덕에서 유래한 이름으로 서래마을에 프랑스인 거주자가 많다는 것을 보여주는 증거이기도 하다. 2000년에 조성된 몽마르뜨 공원은 서초역과 고속터미널역 방면에 위치한 서리풀 공원과도 이어진다.

서초역을 통해 몽마르뜨 공원에 도착하면 가장 먼저 넓게 펼쳐진 잔디밭을 볼 수 있다. 잔디밭 한가운데에는 클래식한 느낌의 시계탑이 현재 시간과 온도를 알려준다. 시계탑 뒤 곳곳에는 벤치가 마련되어 있는데 벤치 주변에는 '부지발의 무도회' 속 커플 동상과, 프랑스 몽마르뜨언덕에서 화가로 활동하던 고흐, 고갱, 피카소의 동상이 포토존으로 설치되어 있다. 그 외에도 몽마르뜨언덕과 어울리는 시(詩)가 적힌 패널이 곳곳에 설치되어 있어 프랑스와의 연결고리를 이어간다.

서초역을 통해 몽마르뜨공원으로 올라왔다면 내려갈 때는 고속터미널역방향으로 가보자. 고속터미널역 방면의 서리풀 공원으로 가기 위해서는 누에다리를 건너야 한다. 누에다리는 누에처럼 원통형으로 생긴 다리로 반포대로 위를 가로지른다. 누에다리 앞에는 나비가 날아가는 모습의 조형물이 설치되어 있어 한 생물의 생애를 짤막하게 엿볼 수 있다. 누에다리 위에서 보는 반포대로의 경관은 아찔하면서도 시원하다. 남쪽으로 길게 뻗은 반포대로 끝에는 예술의 전당이 보인다. 위에서 내려다본 예술의 전당은 실제보다 더 가깝게 느껴진다.

누에다리 건너에 있는 서리풀 공원은 공원이라기보다는 산에 가깝다. 넓지 않은 산책로가 급격한 경사로 이루어져 있어 산책보다는 등산을 하는 기분이다. 서리풀 공원의 북쪽 끝 계단으로 내려가 육교를 건너면 고속터미널역에 도착한다.

이번에는 서래마을로 이어지는 5번 출구 반대편에 있는 8-1번 출구로 나가보자. 양쪽에 아파트 단지를 두고 20분 정도 걸어가면 달빛무지개분수가 쏟아지는 반포 한강공원에 도착한다. 달빛무지개분수는 반포대교 양옆에서 쏘는 물줄기로, 조명을 받아 여러 색깔로 빛나며 한강으로 떨어진다.

달빛무지개분수를 관람하는 방법은 3가지다. 첫 번째는 다리에서 관람하는 방법이다. 반포대교 또는 잠수교를 지나면서 무지개분수를 관람할 수 있다. 특히 잠수교의 경우 양쪽으로 무지개분수가 쏟아지기 때문에 마치 분수 안에 있는 듯하다. 두 번째 방법은 유람선을 타고 관람하는 것이다. '한강 위에 떠 있는 섬을 만나다'에서 언급한 것처럼 여의도 한강공원에서 출발하는 유람선 중 무지개분수를 볼 수 있는 노선을 골라 탄다면 한강 위에서 분수를 볼 수 있다. 마지막 세 번째 방법은 반포 한강공원에서 보는 것이다. 반포 한강공원에서는 반포대교의 전체적인 모습을 조망할 수 있어서 한강을 가로지르는 분수를 볼 수 있다.

반포 한강공원 옆에 있는 세 개의 인공섬은 세빛섬으로, 해가 지면 각자의 색으로 빛이 난다. 세 개의 섬은 서로 연결되어 있어서 연결 다리를 따라 걸으며 경치를 구경할 수도 있다. 세빛섬처럼 한강 위에 떠 있는 인공섬은 바로 옆에 있는 잠원 한강 공원에도 있다. 세빛섬보다는 크기도 작고 육지와 더 가깝지만 카페와 아트센터가 들어와 있어 공간을 알차게 활용 중이다. 특히 잠원의 인공섬에서는 마치 배에 타고 있는 것처럼 한강을 코앞에서 즐길 수 있다.

다시 9호선을 타고 신논현역으로 가보자. 신논현역은 9호선과 신분당선이 교차하는 역으로 강남대로 한복판에 위치해 있다. 신논현역과 강남역은 일직선으로 뻗은 강남대로로 이어진다. 여기서부터 서울 지하철의 흥미로운 특징을 볼 수 있다. 강남대로부터 영동대로까지 2호선, 9호선, 7호선이 모두 평행으로 달린다. 그렇기 때문에 따지고 보면 노선은 다르더라도 모두 역 하나만큼만 떨어져 있는 것이다. 하지만 강남대로 이후부터는 세 개의 역을 이어주는 보행로의 경사가 심하기 때문에 역 하나 차이라고 해도 더 멀게 느껴진다.

퇴근 시간의 강남역은 지하철 출구에서부터 줄 서서 들어가는 진풍경이 벌어질 정도로 유동인구가 엄청나다. 그중에서도 유명하다는 맛집과 온갖 매장이 즐비한 강남대로로 이어지는 강남역 11번 출구는 어느 시간대든 붐빈다. 강남역보다는 신논현역이 비교적 한산하기 때문에 강남대로에 볼 일이 있다면 신논현역을 통해 가는 것도 방법이다.

꽉 막힌 차도와 태양에 꽂힐 듯한 고층 빌딩의 파도. 음악과 차 소리, 그리고 사람들의 말소리가 뒤섞인 소음. 이것이 강남의 전형적인 이미지다. 하지만 눈도, 코도, 귀도 쉬지 못할 것 같은 강남에도 자연으로 둘러싸인 휴식 공간이 있다. 조선왕조의 왕릉이 서울 한복판에 위치한 덕분이다. 조선시대에는 한강 이북의 4대문 안에 있는 곳이 수도 한양이었기 때문에 그때만 해도 강남은 수도에 포함되지 않았다. 한양 근교에 왕릉을 조성한다는 원칙에 따라 강남에 선릉과 정릉이 들

오늘 여행은 어느 역에서 시작할까?

어섰고 그 덕분에 지금의 우리가 도심 한복판에서 자연을 즐길 수 있게 되었다.

지하철 9호선 선정릉역에는 의도치 않은 속임수가 있다. 역 이름만 들으면 지하철역 출구로 나오자마자 선정릉으로 들어갈 수 있을 것 같지만 사실 선정릉역은 선정릉 뒤편에 있기 때문에 내부로 바로 들어갈 수 있는 문이 없다. 선정릉역 3번 출구로 나온 후 뒤를 돌아 선정릉의 담벼락을 둘러 정문까지 가야 한다. 그래도 담벼락을 따라 난 길에 은행나무가 줄지어 심어져 있어서 가을에는 예쁜 풍경을 보며 걸을 수 있다. 하지만 은행 열매가 떨어져 있을 수 있으니 냄새를 피하고 싶다면 조심하는 것이 좋다. 무엇보다도 선정릉역부터 선정릉 정문까지 꽤 걸어야 하기 때문에 충분한 체력이 필요하다.

선정릉은 동절기에도 아침 6시 반에 문을 연다. 하절기에는 아침 6시부터 저녁 8시까지 문을 열어서 역사적인 장소를 넘어 공원의 역할을 수행한다. 단, 공원과 비슷하다고 해서 피크닉을 기대하면 안 된다. 피크닉을 위해 필요한 물품은 전부 반입 금지며 마실 것만 들고 들어갈 수 있다. 공원과 다른 또 한 가지는 입장료가 있다는 것이다. 성인 기준 1인당 1,000원의 입장료를 지불해야 하는데 정기 관람권의 종류가 다양해서 공원처럼 자주 방문할 예정이라면 정기 관람권을 끊는 것도 좋다.

조신시대 성종과 정현왕후의 능을 선릉이라, 중종의 능을 정릉이라

하여 선정릉이라 불린다. 능과 능 사이가 꾸밈 없는 자연으로 채워져 있어 강남에서 찾기 힘든 맑은 공기를 마실 수 있다. 게다가 곳곳에 도토리가 떨어져 있어 어디선가 다람쥐가 나타나지는 않을까 기대하게 된다.

조선왕릉 곁에는 왕릉을 수호하는 사찰이 있는데 선정릉의 수호 사찰은 봉은사다. 지하철 9호선 봉은사역 1번 출구로 나오면 찾을 수 있는 봉은사는 봄이면 석가탄신일을 맞아 연등을 걸고 가을이면 국화로 조형물을 만들어 전시한다. 평일 점심시간이면 테이크아웃 커피를 들고 봉은사를 산책하는 직장인들을 볼 수 있다. 그 틈에는 외국인 관광객도 종종 섞여 있다.

지하철 9호선 봉은사역 7번 출구와 연결되는 지하의 대형 쇼핑몰은 2호선 삼성역과 봉은사역을 잇는 통로기도 하다. 쇼핑몰의 중심에는 커다란 도서관이 있는데 국적 불문하고 사진을 찍는 사람들로 인해 늘 정체 현상이 일어난다. 특히 크리스마스 시즌에는 화려하고 반짝이는 트리와 조명을 이용한 볼거리를 제공해서 평소보다 몇 배로 사람이 는다.

그렇다면 봉은사역의 지상은 어떨까? 지하에 있는 쇼핑몰에서 에스컬레이터를 타고 지상으로 올라오면 대형 컨벤션홀이 펼쳐진다. 박람회, 채용, 공연 등 장르를 불문하고 다양한 행사가 열리기 때문에 항상 붐빈다. 컨벤션홀을 통해 밖으로 나가면 총 3개의 기념 조형물을 볼 수 있다. 2호선 삼성역으로 이어지는 공터에는 우리나라 무역 1조 달러 달성을 기념하는 기념비가 세워져 있다.

기념비를 기준으로 봉은사역방향으로 조금 더 올라오면 잔디밭이 펼쳐지면서 오른쪽에 커다란 배 조형물이 보인다. 신라시대 무역왕으로 불렸던 장보고의 배로, 아래에는 장보고에 대한 짤막한 설명이 적혀 있다. 무역 1조 달러 달성 기념비부터 장보고의 배 조형물까지 삼성동 일대가 상징하는 바를 확실히 보여준다.

하지만 강남을 상징하는 노래가 세계적으로 유명세를 치르면서 삼성동의 상징이 바뀌었다. 봉은사역 7번 출구로 나와 계단을 통해 위로 올라오면 황금색의 커다란 주먹이 교차되어 있는 조형물이 보인다. 서울 강남을 세계에 알린 노래의 주요 안무 동작을 본 딴 것이다. 그 앞에는 노래와 뮤직비디오가 재생되고 있어서 봉은사역을 찾은 외국인 관람객들은 그 앞에서 사진을 찍거나 안무를 따라 춰 보기도 한다.

한강 이남 지역의 동서를 잇는 9호선을 따라 서울을 구경한다면 서울 절반을 둘러볼 수 있다. 주거시설, 상업시설, 지역 명소 중 뭐 하나 빠지지 않고 가득 들어차 있는 곳을 관통하는 노선이란 것을 고려하면 9호선의 혼잡도가 납득이 간다. 겨우 6량 열차로 운행하다 보니 혼잡도를 개선하기는 힘들겠지만 출퇴근 시간을 줄이고 싶은 직장인에게도, 짧은 시간 동안 많은 곳을 둘러보고 싶은 관광객에게도 9호선은 고마운 존재다.

역사와 문화가 한곳에 모이다

석촌역 ~ 잠실역 ~ 몽촌토성역 ~
한성백제역 ~ 올림픽공원역

한파주의보가 발령되고 빈말이 아니라 실제로 냉장고가 바깥 날씨보다 따뜻했던 연말의 어느 날이었다. 다들 연말을 맞아 휴가를 냈는지 지하철이 여유로웠다. 평소처럼 안쪽으로 깊숙이 들어가 자리를 잡고 서 있는데 옆에 학생 무리가 보였다. 그중 한 학생이 "생각보다 빨리 도착하겠는데?"라고 말하자 다른 학생이 "앞에서 기다리다가 문 열리자마자 들어가는 게 더 나아."라고 답하는 대화소리가 들렸다. 알고 보니 학생들의 목적지는 잠실에 있는 놀이공원이었다. 일명 '오픈런'을 위해 이른 아침 추운 날씨를 뚫고 지하철에 오른 학생들을 보니 해도 뜨지 않은 새벽 6시에 친구들과 함께 지하철을 타고 놀이공원으로 향하던 나의 학창 시절이 떠올랐다.

오늘 여행은 어느 역에서 시작할까?

지하철 2호선과 8호선이 교차하는 잠실역은 조선시대 때 누에를 키우던 곳이었다. 잠실(蠶室)의 한자 또한 '누에를 키우는 방'이라는 의미다. 이제 지명의 유래는 유물이 되었고 누에로 가득하던 잠실에는 커다란 놀이공원과 호수가 들어섰다.

잠실역 2, 3번 출구에서 걸어 내려가거나 석촌역 1, 8번 출구에서 걸어 올라오면 석촌호수를 만날 수 있다. 석촌호수는 가운데 다리를 두고 서호와 동호로 나뉘어 있는데, 다리 위 신호등을 건너거나 아래의 연결 통로를 통해서 오갈 수 있다.

옛날 석촌호수는 한강과 이어져 있어 배가 드나드는 곳이었다. 잠실 일대에 도착한 한강은 두 갈래로 나뉘어 남과 북으로 갈라졌는데 한 갈래는 넓혀서 한강에 더하고 다른 한 갈래는 매립시켜 없앴다. 매립시켜 없어진 강의 흔적으로 남은 것이 바로 석촌호수다.

석촌호수는 수질 정화 작업과 휴식 공간 마련 등의 꾸준한 노력 끝에 지금의 명성을 얻게 되었다. 봄이면 호수를 둘러싼 벚꽃나무가 동화 같은 길을 연출하고, 여름에는 나무 아래 그늘을 만들고, 가을에는 버드나무와 갈대가 바람에 바스락거리며 흔들리는 소리를 들려준다. 석촌호수 둘레길은 2.5km밖에 되지 않기 때문에 날씨 좋은 날에 걸어서 한 바퀴를 다 둘러보는 것을 추천한다.

계절에 따라 달라지는 자연을 보는 것만으로도 눈이 즐겁지만 석촌호수가 유명해진 데에는 다른 노력도 존재한다. 호수의 남쪽 둘레길이 자연을 즐기기에 적절하다면 북쪽 둘레길에는 또 다른 매력이 있다. 동호의 북쪽 둘레길에는 호수를 바라보며 맥주나 커피를 마실 수 있는 카페가 있다. 야외에 앉아 대화를 안주 삼아 맥주를 들이켜는 사람들을 지나 걷다 보면 서호로 통하는 길이 나온다. 동호에서 서호로 들어가는 다리 밑 통로에는 누구나 연주할 수 있는 피아노가 있다. 오전 10시부터 오후 8시까지 자유롭게 피아노를 이용할 수 있다. 피아노가 있는 통로를 지나 서호로 들어가 보자. 통로를 나오자마자 복합문화공간으로 쓰이는 작은 건물이 보일 것이다.

호수 앞에 자리 잡은 복합문화공간이 개관한 지 얼마 되지 않았던 가을에 처음으로 석촌호수를 찾았다. 처음부터 석촌호수를 방문할 목적은 아니었다. 가까운 공연장에서 뮤지컬을 보기 위해 잠실에 가게 되었는데 시간이 남은 데다 날씨가 좋아서 호수 주변을 걷게 되었다. 그런데 마침 호수 앞 복합문화공간에서 독립 서적 전시회가 진행 중인 것을 발견했다. 전시를 관람하기 위해 어디를 봐도 새로 꾸민 티가 팍팍 나는 건물로 들어갔다. 깨끗한 내부와 친절한 직원들이 전시보다 더 기억에 남는다. 설문조사에 참여하자 즉석에서 연필을 기념품으로 주기까지 했다. 그로부터 3년 후 다시 찾은 이곳에서는 버스킹 공연이 한창이었고 사람들도 제법 몰려 있었다.

잠실에 유명한 뮤지컬 공연장이 있는 것은 많이들 알지만 마당놀이 극장이 있는 것은 모르는 사람들이 많다. 호수 위에 떠있는 수많은 낮

오늘 여행은 어느 역에서 시작할까?

달을 구경하며 서호 둘레길의 끝까지 걸어가 보면 마당놀이를 관람할 수 있는 전통 가옥 분위기의 공연장이 보인다. 상설 공연이라 시간이 맞는다면 호수를 산책하다 들리는 장단 소리에 이끌려 공연장을 찾아갈 수도 있다.

이번에는 왔던 길을 되돌아가 보자. 호수 위에 떠 있던 낮달을 기억하는가? 낮달의 정체는 달 모양의 보트이며 호수와 연결되어 있는 놀이공원에서 출발한다. 석촌호수를 앞마당처럼 사용하고 있는 놀이공원은 서울 한복판에 있는 유일한 놀이공원이다. 놀이공원은 실내와 실외로 나뉘는데 실외공간은 석촌호수 둘레길에서도 잘 보인다. 그렇다 보니 둘레길을 걷다 보면 놀이 기구를 타는 사람들의 짜릿한 비명 소리와 빠르게 움직이는 놀이 기구의 묵직한 바람 소리를 들을 수 있다.

이번 편의 첫 단락에서 소개한 '오픈 런' 에피소드의 목적지가 바로 이 놀이공원이다. 아주 어렸을 때는 가족들과 함께, 초등학생 때부터는 친구들과 함께 갔다. 고등학생 때는 학교 소풍으로 가기도 했는데 당시 살았던 지역과는 거의 끝과 끝이었는데도 놀이공원까지 가는 길이 멀게 느껴지지 않았다.

아까 지났던 복합문화공간 옆길을 통해 위로 올라가면 의외의 유물을 만날 수 있다. 잠실광역환승센터로 이어지는 2-3번 출구 앞에는 삼전도비가 서 있다. 삼전도비는 삼전도청태종공덕비의 준말로 약

400년 전에 세워졌다. 1636년 겨울, 청나라가 조선을 침략하였고 병자호란이 발발했다. 당시 조선의 국왕이었던 인조는 잠실에서 멀지 않은 남한산성으로 몸을 피했다. 하지만 청나라의 군사가 남한산성을 포위하자 추운 겨울을 성안에 고립된 채 버텨야 했다. 결국 인조는 삼전도로 나가 항복을 선언했고 그 주변에 삼전도비가 세워졌다.

슬픈 과거사를 뒤로하고 길을 건너면 새로운 세상이 펼쳐진다. 혹자는 잠실을 특정 브랜드의 도시라고 부를 정도인데 앞서 언급한 놀이공원과 뮤지컬 공연장 역시 같은 브랜드 소속이다. 석촌호수에서 다리 위로 올라오면 거대한 쇼핑몰이 가장 먼저 눈에 들어온다. 쇼핑몰 앞으로는 잔디밭이 펼쳐져 있는데 일 년 내내 다양한 문화 공연 및 이벤트가 개최된다. 작은 건물만 한 거대한 캐릭터 조형물을 설치해 이슈가 되기도 하고 연말이 가까워지면 크리스마스 시즌을 맞아 크리스마스를 기념하는 이벤트도 열린다. 사전 정보 없이 쇼핑몰을 찾았다가 정작 쇼핑몰 안으로는 들어가지 않고 잔디밭에서 열린 행사에만 참여하고 돌아온 적도 있다.

국내외를 막론하고 주요 도시에는 도시 전체를 한눈에 볼 수 있는 전망대가 있다. 예전만 해도 서울의 전경을 볼 수 있는 곳은 서울 한가운데 위치한 남산과 여의도 빌딩이 전부였으나 우리나라에서 가장 높은 빌딩이 잠실에 들어서면서 얘기가 달라졌다. 이제 서울의 동쪽 야경을 볼 수 있게 된 것이다. 잠실의 초고층 빌딩 전망대에서 내려다보면 올림픽대로의 성화 조형물이 가장 먼저 눈에 들어온다. 전망대의 일부 구역에는 투명한 강화 유리가 깔려있어서 아래가 시원하게 내려다보인다. 시원하다 못해 아찔한 강화 유리 위에 올라선 사람들은 인증 사진을 찍어 대담했던 순간을 기록으로 남긴다. 잠실의 초고층 빌딩은 매년 1월 1일 0시가 되면 불꽃놀이 행사를 개최해 보신각과 함께 새해 행사의 우위를 다툰다.

잠실에서 동쪽으로 이동하면 만나는 8호선 몽촌토성역, 9호선 한성백제역과 올림픽공원역은 모두 커다란 올림픽공원으로 연결된다. 올림픽공원이 위치한 부지의 역사는 삼국시대로 거슬러 올라간다. 한강 유역에 자리 잡았던 백제의 흔적을 바로 올림픽공원에서 찾을 수 있기 때문이다. 올림픽공원을 둘러싼 몽촌토성은 백제 초기에 지어진 토성으로 학문적 가치가 높은 유물이 발굴된 장소이기도 하다. 그러한 이유로 올림픽공원 끝자락에 한성백제박물관이 자리하고 있다.

1988년 서울 올림픽 개최를 위해 건설된 올림픽공원은 자연을 즐길 수 있는 공원이면서 6개의 경기장을 갖춘 체육시설이기도 하다. 공원 안으로 들어갈수록 꽃과 나무가 우거져 자연친화적이다. 드넓게 펼쳐진 잔디밭은 피크닉을 위한 공간이기도 하지만 뮤직 페스티벌 개최지이기도 하다. 그 외 실내 경기장 또한 공연장으로 활용되어 주말이면 올림픽공원역에서부터 시작되는 공연장의 열기를 느낄 수 있다.

이처럼 올림픽공원은 역사와 자연, 문화를 모두 포괄한다. 몽촌토성과 한성백제박물관을 통해 역사를 공부할 수 있으며 넓은 잔디에서 피크닉을 즐길 수도, 계절 변화에 맞춰 피는 꽃을 구경할 수도 있다. 늦가을이면 공원 안에 있는 미술관 앞 은행나무 아래 은행잎이 수북하게 쌓이는데, 은행잎을 모아 하늘로 뿌리면서 영화 속 한 장면 같은 사진을 찍을 수도 있다.

오늘 여행은 어느 역에서 시작할까?

오랜 세월 항구 역할을 하며 농업지대로 활용되었던 뚝섬은 1900년대 중반부터 도시로 개발되었다. 개발이 진행되면서 한강 주변은 지금의 공원이 되었다. 지하철 7호선 자양역은 뚝섬한강공원으로 연결되는데 두 지점을 연결하는 것이 뚝섬 자벌레. 뚝섬한강공원의 상징이기도 한 뚝섬 자벌레는 문화공간으로 사용되는 자벌레 모양의 독특한 건물이다. 지면에서 떨어져 한강을 내려다보는 각도로 지어졌으며 둥그런 원통형의 모습이 자벌레와 닮았다.

뚝섬은 일 년 동안 계절에 따라 다른 매력을 발산한다. 봄부터 가을까지는 잔디밭에 텐트 설치를 허용하여 피크닉 공간으로 변신한다.

음악과 조명이 어우러진 분수쇼는 사람들의 발길을 밤까지 붙잡아둔다. 뚝섬의 겨울 역시 즐길 거리로 풍성하다. 수영장을 개조하여 눈썰매장을 운영하고 크리스마스 마켓이나 빙어 체험 등 겨울과 어울리는 다양한 이벤트를 개최한다.

뚝섬 일대의 대표적인 지역을 꼽자면 한강 주변과 성수동이 있다. 한강 주변이 공원으로 변화한 것처럼 성수동 역시 큰 변화를 맞았다. 성수동 개발의 시작은 공업이었다. 성수동이 농경지에서 공장지대가 됐을 때까지만 해도 지금의 성수동을 상상하는 사람은 없었다. 성수동의 특징이라고는 공장지대와 구두 제조업이었으며 이로 인해 수제화 거리가 탄생하기도 했다. 이러한 영향으로 성수동에는 지금까지도 구두 제조업의 장인들이 남아 있지만 MZ 세대 중 성수동을 수제화로 기억하는 사람은 없을 것이다.

공장이 빠져나간 이후 베이커리와 맛집들로 채워진 성수동은 젊은 세대의 뜨거운 관심을 받게 되었다. 지금은 카페거리로도 알려진, 지하철 2호선 성수역부터 뚝섬역을 지나 수인분당선 서울숲역이 둘러싸고 있는 지역은 주말이면 방문객들로 가득하다. 뚝섬역 5번 출구부터 시작되는 길을 따라 골목 안으로 들어가면 사람이 양 팔다리를 벌리고 있는듯한 모양의 교차로가 나온다. 독특하면서도 복잡한 교차로에서 연무장길로 접어들면 성수동 골목의 매력이 본격적으로 펼쳐진다.

오늘 여행은 어느 역에서 시작할까?

연무장길을 중심으로 뻗어 있는 골목길에서는 유명한 음식점은 물론이고 소품 가게에 들어가는 것조차 줄 서서 기다려야 할 정도다. 그렇다 보니 자칫 기다리는 걸로 시간을 다 써버릴 수 있지만 그만큼 가보고 싶은 곳으로 가득한 곳이라 하루에 먹을 수 있는 양과 걸어 다닐 수 있는 시간이 한정되어 있다는 사실이 안타깝기만 하다. 골목골목을 다니다 보면 힘에 부쳐 다리가 아프지만 그럼에도 성수동은 걸어야지만 닿을 수 있는 매력적인 곳이 많다.

성수동과 연결되는 지하철역은 세 곳인데 그중 나란히 위치한 성수역과 뚝섬역은 모두 지상에 있다. 그렇다 보니 '지하'철역이지만 모두 계단을 올라야 한다. 그에 비해 그들 중 가장 최근에 생긴 수인분당선의 서울숲역은 지하로 연결된다. 서울숲역에서 내려 개찰구로 나오면 제일 먼저 반겨주는 것이 먼지 제거 매트다. 개찰구 앞에도 하나 있고 출구로 가는 길에도 하나 더 있어서 그 위를 밟지 않으면 지나갈 수 없다.

서울숲역 4번 출구는 고층 건물로 연결되는데 건물의 지하 공간에는 전시실, 음식점, 카페가 들어서 있어 야외로 나가지 않고 건물 안에서만도 충분히 즐길 수 있다. 하지만 오늘은 서울숲역 4번 출구로 나와 서울숲으로 가보자. 길을 건너 서울숲으로 들어서면 커다란 말 조형물이 줄지어 서 있는 모습을 볼 수 있다. 서울숲의 시작을 알리는 군마상이다. 서울숲은 2000년대에 들어선 후 조성된 녹지로, 문화와 자연이 어우러진 숲이자 공원이다. 군마상 뒤에는 분수가 운영 중인데 안으로 더 들어가면 잔디밭이 펼쳐진다. 날씨가 좋은 날이면 평일 주말할 것 없이 나무가 만든 그늘 아래 돗자리를 펼쳐 놓고 피크닉을 즐기는 사람들을 쉽게 볼 수 있다. 딱히 무언가를 하지 않고 잔디밭에 앉아 하늘을 올려다보며 자연이 만들어낸 소리와 사람들의 말소리가 어우러지는 것을 듣고만 있어도 도심 속 여유가 온몸으로 전해진다.

잔디밭의 여유가 발목을 붙잡지만 서울숲은 이제부터 시작이다. 잔디밭에서 남쪽으로 내려가면 야외무대와 놀이터가 있고 서쪽으로 더 들어가면 커다란 연못이 나온다. 연못 옆으로는 정원이 조성되어 있어서 길을 따라 걸으며 자연과 더 가까워질 수 있다. 여기까지가 여유 가득한 느낌의 서울숲이었다면 무지개 터널 너머에 있는 서울숲은 또 다른 분위기다. 생태숲과 곤충식물원을 통해 '학습할 수 있는 자연'의 모습을 보여준다. 게다가 학교 뒤편으로 난 숲속 길을 따라 걸어 올라가면 습지생태원으로 이어진다. 이처럼 서울숲은 미로 같은 매력을 뽐내며 서울 도심 속에서 자연을 지켜나가고 있다.

서울에는 대학이 몰려 있는 동네가 여러 곳 있다. 대표적인 곳으로 신촌이 꼽히는데 성동구와 광진구 일대도 신촌 못지않게 대학가가 형성되어 있다. 특히 지하철 2호선과 7호선이 교차하는 건대입구역은 성수동의 인기를 이어 받아 맛집 거리가 형성되어 있다.

건대입구역과 함께 7호선에 있는 어린이대공원역은 서쪽에는 대학

오늘 여행은 어느 역에서 시작할까?

을, 동쪽에는 공원을 두고 있다. 서울어린이대공원은 공원의 이름 특성상 5월 어린이날에 가장 많은 주목을 받는다. 하지만 사실은 사계절 모두 즐길 수 있는 공원으로 식물원, 동물원, 놀이동산까지 갖추고 있는 복합공간이다. 어린이와 함께 방문할 계획이 아니라면 오히려 어린이날을 피해 방문하는 것을 추천한다.

성수동이 떠오른다는 소문이 이미 퍼졌을 때쯤 성수동에 처음 방문했다. 규칙적으로 가게가 즐비하고 편의시설을 두루 갖춘 대형 쇼핑몰에 익숙했던 나는 차도와 보행로가 혼재하고 골목골목으로 이어진 복잡한 성수동에 적응하지 못했다. 원래 가기로 했던 카페는 유명세를 증명하듯 빈자리가 없었고 결국 밀려나듯 다른 카페로 가야 했다. 요즘 감성이라는 단출한 메뉴와 건축자재가 보이는 인테리어에도 익숙하지 않아서 그때만 해도 즐겨 마시지 않던 커피를 주문하고는 시멘트 가루가 떨어지지는 않을지 염려하며 커피를 마셨다.

직장을 다니면서 식후 커피 한 잔이 자연스러워졌고 커피를 즐겨 마시기 시작할 때쯤 성수동을 다시 찾았다. 목적이 있어야만 성수동을 찾았던 시간들이 더해지자 어느덧 성수동과 친해져 아무런 이유 없이 방문하는 날이 늘었다. 그제야 성수동의 복잡한 골목과 작은 가게들의 매력을 깨달았다. 골목에 남아 있는 옛 서울의 모습과 성수동만의 개성 있고 감성 가득한 분위기를.

새로운 도시에서 새로운 자연을 만나다
양천향교역 ~ 마곡나루역 ~ 김포공항역

서울의 동쪽을 둘러봤다면 이번에는 정반대인 서쪽으로 가보자. 강서구는 원래 경기도에 속했으나 1963년에 서울로 편입되었다. 그러다 2000년대에 들어서 마곡동에 도시개발사업이 추진되면서 또 한 번의 전환점을 맞았다. 지식산업단지가 조성되고 다양한 기업들이 이전해오거나 신설되면서 대규모의 산업단지로 변모한 것이다. 이로 인해 산업단지가 조성된 지하철 5호선 발산역과 마곡역 일대를 중심으로 상권이 새롭게 발달했다. 지금도 마곡동은 계속해서 발전해나가고 있으며 앞으로가 기대되는 지역이다.

미래지향적인 도시로 나아가는 강서구지만 동시에 과거의 옛 모습

오늘 여행은 어느 역에서 시작할까?

도 간직하고 있다. 지하철 9호선 양천향교역에는 오피스텔이 즐비하지만 역 이름에서만큼은 과거의 모습을 찾을 수 있다. 강서구가 경기도 김포군이었던 시절 지금의 양천향교역 일대는 양천현이라 불렸다. 향교란 조선시대 때 지역에 있던 교육기관으로, 양천향교는 양천현에 있는 교육기관이었다.

앞서 말한 대로 향교는 지역에만 세워졌기 때문에 서울에서는 볼 수 없다. 그런데도 서울에 떡하니 양천향교가 있는 이유는 조선시대에 강서구가 서울이 아니었기 때문이다. 결과적으로 양천향교는 서울의 유일한 향교로 남아있다. 양천향교로 가기 위해서는 양천향교역 1, 2번 출구로 나와 골목길을 따라 올라가면 된다. 궁산을 뒤에 두고 있는 양천향교는 현재 개방되어 있기 때문에 운영시간에 맞춰 가면 무료로 내부를 관람할 수 있다.

양천향교에서 서쪽으로 조금만 걸어가면 겸재정선미술관이 나온다. 겸재정선미술관은 조선시대 화가 겸재 정선의 작품을 전시하고 있다. 겸재 정선은 18세기 양천현의 현령으로 이곳에 왔다. 그는 조선시대 관료이자 화가로, 인왕제색도와 금강산도와 같이 진경산수화로 이름을 떨쳤다. 겸재 정선의 또 다른 흔적은 양천향교역 7번 출구로 나와도 볼 수 있다. 서울식물원으로 가는 길에 양천현령이었던 겸재 정선의 삶과 그림을 설명하는 영상이 전시되어 있다.

강서구는 특히 자연친화적인 도시이기도 한데 주거 및 산업단지를

4개의 산이 둘러싸고 있다. 한강변의 궁산을 시작으로 동쪽에는 우장산이, 서쪽에는 개화산이, 남쪽에는 수명산이 자리 잡았다. 그중 우장산과 개화산은 지하철 5호선에 각각 자신의 이름을 딴 역이 있을 정도로 대중교통으로도 접근성이 좋다. 특히 우장산의 경우 산 주변으로 대규모 아파트 단지가 들어서 있어 동네 주민들의 산책로이자 쉼터가 되었다.

하지만 강서구를 자연친화도시라고 부르는 데 가장 큰 공을 세운 곳은 서울식물원이다. 이전 편에서 성동구의 서울숲을 살펴봤는데 정반대 편인 강서구에는 식물원이 자리하고 있어서 서울의 양 끝을 자연이 지키고 있는 형태가 완성되었다. 서울식물원은 2019년에 문을 연, 생긴 지 얼마 되지 않은 어린 공원이다. 서울식물원의 장점은 식물원과 공원이 함께 어우러졌다는 것인데 전체 부지를 열린숲, 주제원, 호수원, 습지원으로 나누어 구성하였다. 서울식물원에 방문하기 전에 알아두어야 할 점이 있다면 공원 내 돗자리를 활용한 간단한 피크닉은 가능하지만 텐트 설치나 취사 행위는 금지되어 있다는 것이다. 또한, 자전거나 인라인과 같이 바퀴 달린 이동 수단은 이용이 불가능하기 때문에 두발로 둘러봐야 한다.

지하철 9호선과 공항철도가 교차하는 마곡나루역 3번 출구로 나오면 서울식물원과 곧바로 이어진다. 그곳에서부터 호수로 이어지는 물길까지가 열린숲이다. 말 그대로 모두에게 자유롭게 개방된 곳이며 넓은 잔디마당에서는 피크닉을 즐길 수도 있다. 서울식물원이 문을 연 지 얼마 되지 않았기 때문에 아직까지는 나무가 든든한 그늘을 만들어내지는 못한다. 그렇다 보니 여름철 햇빛을 다 가려주지는 못하지만 곳곳에 놓인 벤치 덕분에 휴식을 취할 수 있다.

열린숲을 지나면 주제원과 호수원으로 나뉘는데 먼저 주제원부터 살펴보자. 주제원은 서울식물원 부지에서 유일하게 입장권을 구매하고 들어가야 하는 유료 공간이다. 성인 기준으로 1인당 5,000원의 입장료가 부과되고, 연중무휴로 개방되는 다른 공간과는 달리 매주 월요일에는 휴관이며 운영 시간 또한 정해져 있다. 주제원은 주제정원, 온실, 마곡문화관으로 구성되어 있다. 주제정원은 야외 공간으로 계절마다 다른 장식과 초목으로 꾸며져 있다. 주제원의 온실은 멀리서도 눈에 띄는 커다란 유리 건물 안에 조성되어 있다. 밤에는 형형색색의 조명을 뽐내며 야경에 일조하고 낮에는 온실을 구경하러 온 관람객을 맞이한다.

온실에서는 열대 지방과 지중해 지방에서 서식하는 식물을 구경할 수 있다. 입장하자마다 관람객을 반겨주는 후끈한 더위는 온실 내 식물이 자라기 좋은 상태를 유지해 준다. 온실에는 식물 이름과 주요 서식 국가를 알 수 있도록 팻말이 꽂혀 있어서 식물에 대한 정보를 알 수 있다. 게다가 국가별 테마 정원이 곳곳에 마련되어 있어 사진 찍기에도 좋다.

주제원 옆에 위치한 호수원에는 커다란 호수를 중심으로 산책로가 조성되어 있다. 산책로는 낮에는 호수를 가장 가까이에서 볼 수 있는 평범한 길이지만 밤에는 조명을 밝히며 멀리까지 존재감을 과시한다. 중앙에 위치한 호수에서는 작은 분수가 솟아오르는데 역시나 밤에는 조명을 켜서 호숫가에 비치는 주변 건물의 야경과 어우러진다.

호수원의 끝에서 굴다리 아래 통로를 지나면 습지원이 펼쳐진다. 습지원에도 산책로가 조성되어 있으며, 때에 따라서는 새가 헤엄치는 모습을 볼 수도 있다. 특히 산책로를 따라 걸어가다 보면 경사로가 보이는데 그 길을 따라가면 한강이 보이는 한강 전망대로 갈 수 있다.

한강 전망대는 서울식물원과 한강을 연결해 주는 다리다. 보행로로만 조성되어 있으며 다리 아래로는 올림픽대로가 있어 왕복 8차선을 빠르게 지나는 차들을 볼 수 있다. 다리를 건너 한강 전망 포인트에 도착하면 정면에 한강이 보인다. 왼편으로는 방화대교가 보이고 그 너머로는 경기도 고양시가 있다. 한강 전망대는 낮에도 좋지만 밤에는 방화대교의 야경이 더해진다. 전망대에서 만나는 야경은 산책이나 운동을 온 사람마저도 잠시 멈춰 서서 바라보게 만들고 사진을 찍고 싶게 만드는 마법을 부린다.

한강 전망대 오른쪽에는 다리 아래로 내려가는 엘리베이터가 있다. 엘리베이터를 타고 내려가면 한강을 따라 도로가 나 있고 벤치도 듬성듬성 있다. 다듬어지지 않은 한강변이라 그런지 주말에도 한가해서 한강을 가장 조용하게 바라볼 수 있는 곳 중 하나다. 도로를 따라 서쪽으로 올라가면 서울 서쪽의 마지막 한강공원인 강서한강공원으로 이어진다.

지하철 9호선 급행열차의 종점이자 서쪽 서울의 끝인 김포공항역은 이름부터가 모순이다. 김포공항이라는 이름 때문에 김포에 있는 공항이라고 생각하기 쉽지만 김포국제공항은 서울시 강서구, 즉 서울에 있는 공항이다. 김포국제공항이 건설되었던 1930년대에는 김포국제공항 부지가 경기도 김포에 속했으나 1960년대에 서울시로 편입되었다.

일제강점기 말 일본군이 훈련장으로 사용하기 위해 활주로를 건설한 것이 김포국제공항의 시작이다. 해방 후 6·25전쟁 동안 미 공군의 비행장으로 사용되었다가 약 20년 정도의 과도기를 거쳐 군용이 아닌 민간항공기를 위한 국제공항이 되었다. 이로써 국내 노선부터 미주 및 유럽을 오가는 장거리 노선까지 모두 김포국제공항이 담당했었다. 그러나 2001년에 인천국제공항이 문을 열면서 김포국제공항의 모든 국제노선이 인천으로 옮겨 갔다. 한동안 국내선만을 운영하던 김포국제공항은 이제 일부 단거리 국제선도 담당하고 있으나 모든 국제선을 도맡았던 과거에 비해서는 역할이 대폭 축소되었다.

김포공항역을 통해 공항으로 갈 때 주의할 점은 탑승할 노선이 국제선인지 국내선인지에 따라 이동 방향이 달라진다는 것이다. 일직선으로 길게 뻗은 형태의 김포공항역에서 국내선과 국제선은 각기 다른 양쪽 끝에 위치해 있다. 다행히도 지하철 개찰구로 나오면 바닥과 기둥이 국내선과 국제선 방향을 알려주는 표시로 도배되어 있으니 안내에 따라 잘 따라가기만 하면 된다.

김포공항역 3번 출구 옆에는 대형 쇼핑몰로 이어지는 연결 통로가 있다. 마트, 영화관, 백화점 등 다양한 여가 생활이 가능한 곳으로 김포공항을 단순 공항이 아니라 생활의 한 부분으로 만들었다. 쇼핑몰 야외공간에는 짧은 산책로와 쉼터가 조성되어 있다. 반대쪽은 비행기 소음이 심해서 바로 옆에 있는 사람의 말소리도 잘 들리지 않을 때가 있지만 산책로에서는 소음의 영향을 비교적 적게 받는다.

김포공항 국내선 방향으로 가다 보면 안내판에 국립항공박물관으로 가는 길이 표시되어 있는 것을 볼 수 있다. 국립항공박물관은 2020년에 문을 연 국내 최초 항공 관련 국립박물관이다. 표지판을 따라 지하철역과 공항 통로를 지나 국내선 청사를 거쳐 야외 길을 따라가면 드디어 국립항공박물관에 도착한다. 박물관 건물은 비행기의 터빈 엔진을 형상화한 것으로 빗살 무늬가 새겨진 원형이다. 무료로 관람이 가능하며 전시실은 총 3개 층이다. 전시실에서는 세계 및 우리나라의 항공 역사와 관련 산업 그리고 실물 항공기를 볼 수 있다. 국립항공박물관은 다양한 체험시설을 운영하는데 그중 블랙이글스 탑승 체험을 추천한다. 블랙이글스는 실제 존재하는 우리나라 공군 특수비행팀 이름이다. 일반 요금 기준으로 3,000원의 별도 이용료를 지불해야 하며, VR 기기를 쓰고 위아래로 움직이는 기구에 앉아 에어쇼를 체험할 수 있다.

서울을 관통하여 경기 북부와 남부를 잇는 서해선이 개통되면서 김포공항역은 5호선, 9호선, 공항철도, 김포골드라인, 서해선 등 5개 지하철 노선이 교차하는 지하철역이 되었다. 여러 노선이 지나는 만큼 지하철 탑승 위치 또한 복잡해서 김포공항역을 통해 매일 같이 출퇴근하는 사람이 아니라면 안내판을 확인해야 한다. 특히, 한강을 가로지르는 터널을 통해 경기 북부로 이동하는 서해선의 경우 김포공항역의 다른 노선으로 환승하는 데만 9분이 소요된다.

한강 아래로 지나는 서해선과 달리 공항철도는 한강 위 마곡대교의 철교를 달려 한강을 건넌다. 마곡대교의 철교 중앙부에는 난간이 없어서 장애물 없이 바로 한강을 내려다볼 수 있다. 마곡대교 남단에는 서울로 들어오는 차선 방향으로 'Seoul welcomes you'라 적혀 있다. 마곡대교는 서울 입성을 알리는 표지기도 하지만 서울을 떠나 대교를 건너 경기도로 갈 수 있는 통로기도 하다.

IV.

수도권,
서울에서 조금만 벗어나도

서해선의 개통으로 서울에서 고양시로 가는 또 다른 길이 열렸다. 그전까지 지하철을 타고 고양시로 갈 수 있는 방법은 3호선과 경의중앙선 두 가지뿐이었다. 그러나 서해선이 일산역에서 출발해 대곡역을 거쳐 한강을 지나 시흥까지 뻗어나가면서 서울 서부권에 대한 일산의 접근성이 높아졌다. 김포공항역이 지하철 노선 5개가 지나는, 강서구 최대 허브 역이 되었다면 대곡역은 지하철 노선 3개와 수도권 광역급 행철도까지 더해져 고양시의 최대 허브 역이 되었다. 고양시의 교통 요지인 대곡역을 기점으로 고양시를 서쪽과 동쪽으로 나눠 살펴보자.

대곡역에서 3호선을 타고 동쪽 방향으로 가다 보면 원흥역이 나온다. 원흥역은 지하철 3호선이 정차하는 역 중 비교적 최근에 지어진역으로 2014년부터 운영되었다. 원흥역이 생기기 전까지는 원당역에서 삼송역까지의 거리가 다른 역 간 거리에 비해 유독 길었다. 그러다 원흥 지구가 개발되면서 원흥역이 문을 연 것이다. 원흥역이 고양시 외 지역 사람들에게도 알려진 이유는 대형 가구 매장 때문이다. 가구 매장에서 제일 가까운 역이 원흥역이기는 하지만 사실 역에서 버스를 타고 들어가야 하는 수고로움이 있다.

원흥역 바로 앞에는 고양시가 자랑할 만한 박물관이 하나 있다. 원흥역 4번 출구에서 멀지 않은 곳에서 고양가와지볍씨박물관을 찾을 수 있다. 가와지볍씨란 일산 신도시 개발이 한창이던 때 개발 지구였던 대화동에서 발견된 볍씨로, 한반도 최초 재배 볍씨라는 의의가 있다.

이번에는 삼송역으로 가보자. 삼송역 3번 출구로 나와서 직진하면 창릉천 위를 가로지르는 다리가 나온다. 다리를 건너 한 블록만 더 걸어가면 대형 쇼핑몰이 보인다. 사실 삼송역의 숨은 명소는 쇼핑몰까지 가는 길에 동쪽으로 보이는 풍경이다. 삼송역 동쪽에 북한산이 자리하고 있어서 쇼핑몰을 등지고 서면 고양시를 내려다보는 산의 전경이 한눈에 보인다. 북한산이 서울시 은평구부터 강북구까지 넓게 뻗어 있다 보니 은평구와 고양시의 경계에 위치한 삼송동에서도 북한산을 볼 수 있다.

창릉천 건너에 위치한 아파트 단지는 대규모 공원으로 둘러싸여 있다. 그중 쇼핑몰 뒤편에 있는 공원 안에는 유리로 된 도서관이 있다. 고양시립 별꿈도서관은 내부가 넓지는 않지만 공원이 보이는 유리창으로 개방감을 준다. 또한, 딱딱하고 각진 형태가 아닌 구불구불한 모양의 서가와 테이블에서는 어린 이용객들의 안전을 위한 배려가 엿보인다. 접근성이 좋아 공원을 산책하던 어른들도 공원에서 뛰어놀던 아이들도 자연스럽게 방문할 수 있다.

공원의 동쪽 끝에는 목이 없는 석상이 있다. 여성의병으로 알려진 일명 '밥할머니'를 기리는 고양밥할머니석상이다. 밥할머니는 임진왜란 당시 왜군을 무찌르기 위해 지혜를 발휘한 것으로 알려져 있다. 왜군의 기세를 꺾기 위해 식량이 많아 보이도록 산 위에 거적을 쌓아두었으며, 석회가루가 뿌려진 창릉천을 쌀뜨물이라 속여 이를 마시도록 해 왜군의 발목을 붙잡았다. 그 외에도 밥할머니가 보여준 모범적인 모습을 후대에 기리기 위해 석상을 세웠으나 일제강점기에 석상의 머리 부분이 훼손되었다. 해방 후 석상을 복원하려는 노력이 있었지만 복원할 때마다 마을에 좋지 않은 일이 벌어졌고, 현재는 가슴 아픈 역사를 기억하자는 마음으로 훼손된 모습 그대로 보존하고 있다.

삼송역의 쇼핑몰이나 원흥역의 가구 매장을 다녀온 사람들이 종종 '주말에 일산 갔다 왔다.'라고 말하는 경우가 있다. 하지만 사실 두 곳은 일산이 아니다. 행정구역으로 따졌을 때 일산을 시(市)로 알곤 하는데 일산은 시(市)에 속한 구(區)에 해당한다. 삼송역과 원흥역은 고양시의 또 다른 구(區)인 덕양구에 속한다. 일산은 일산서구와 일산동구로 나뉘는데 지하철역으로 보면 지하철 3호선 주엽역과 대화역, 경의중앙선 일산역과 탄현역이 일산서구에 해당하고, 3호선 백석역부터 정발산역까지, 경의중앙선 곡산역부터 풍산역까지가 일산동구에 해당한다.

일산은 1989년부터 시행되어 90년대 초반을 뜨겁게 달궜던 1기 신도시다. 1기 신도시는 서울의 주택난을 해결하기 위해 계획적으로 대규모 주택 단지가 건설된 서울 근교 5개 도시를 말한다. 개발 이전의 일산은 농경지였으나 개발 이후의 일산은 바둑판식의 넓은 도로와 아파트 단지가 즐비한 도시가 되었다.

신도시 개발의 목적에서 알 수 있듯 일산의 대부분은 주택 단지다. 대화역부터 백석역까지 이어지는 중앙로 양옆으로는 대규모 아파트 단지가 밀집되어 있다. 그 중간에 위치한 정발산역을 중심으로 일산의 번화가가 펼쳐진다. 지하철 3호선 정발산역 1번 출구 바로 옆에 위치한 일산문화광장은 가로수길과 광장이 어우러진 모습이다. 평일에는 배드민턴을 치거나 스케이트보드를 타는 등 간단한 스포츠를 즐기는 주민들을 볼 수 있으며 주말에는 계절 별로 다양한 축제가 열린다.

일산문화광장에서 정발산역을 등지고 걸어가면 언덕처럼 보이는 육교가 등장한다. 원래 이곳에는 평범한 육교가 있었지만 대대적인 공사를 통해 도로를 넓히고 경사를 완만하게 만들어 작은 언덕처럼 생긴 육교로 만들었다. 육교를 넘어가면 일산에서 가장 유명한 일산호수공원에 도착한다. 누군가 일산에 대해 얘기할 때 가장 많이 언급될 정도로 일산의 랜드마크와도 같은 곳이다. 마두역부터 주엽역까지 이어지는 일산호수공원은 커다란 인공 호수를 둘러싼 형태의 공원이다. 공원 내 호수는 동양 최대 크기이며 공원 테두리를 따라 난 보행로는 총 5.9km이다.

호수공원의 평일과 주말, 그리고 사계절은 각각 다른 매력을 가진다. 평일에는 주로 운동복 차림으로 빠르게 걸어가는 사람들이 많다. 이러한 부류는 질릴 정도로 호수공원을 자주 찾는 주민일 확률이 높으며 풍경에 관심을 주지 않고 운동에 집중한다. 주말에는 평일 운동파와 나들이파가 뒤섞인다. 여전히 빠른 걸음으로 질주하는 사람들이 있지만 가족, 친구, 연인들이 느린 걸음으로 사진을 찍고 대화를 나누는 모습도 볼 수 있다.

호수공원에 사람이 가장 많이 몰리는 계절은 봄이다. 벚꽃이 필 때면 산책로에는 벚꽃길이 조성되고 호숫가에는 수양벚나무가 물에 닿을 듯 내려앉는다. 무엇보다도 매년 4월 말부터 5월 초까지 열리는 고양국제꽃박람회는 고양시의 가장 큰 행사 중 하나다. 꽃박람회 기간에는 호수공원 주변의 교통이 마비될 정도로 인파가 몰려든다.

일산호수공원의 또 다른 명물인 웅장한 규모의 노래하는 분수대는 배경 음악에 맞춰 다양한 모양의 물줄기를 쏘아 올린다. 늦은 저녁에 펼쳐지는 음악 분수 공연을 보기 위한 관람객은 평소에도 많지만 여름밤이면 돗자리를 펼쳐 앉거나 맥주 한 캔 들고 계단에 앉아 구경하는 사람들의 수가 부쩍 는다.

호수공원의 노래하는 분수대 옆에는 유럽풍 건물이 우뚝 서있는 가로수길이 조성되어 있다. 크지는 않지만 음식점이나 작은 가게들이 알차게 입점해 있다. 가로수길은 또 다른 쇼핑몰과 공터 하나를 사이에 두고 마주 본다. 가로수길 건너에 있는 쇼핑센터는 식사와 쇼핑을 한곳에서 해결할 수 있는 전형적인 쇼핑몰이다. 그뿐만 아니라 아쿠아리움과 계절에 맞춰 즐길 수 있는 실내 테마파크도 있다.

사실 앞서 소개한 두 곳의 쇼핑센터는 비교적 최근에 조성되었다. 일산의 첫 번째 번화가는 정발산역 2번 출구와 가깝고 일산문화광장의 북쪽에 있는 쇼핑거리다. 총 6개의 건물로 구성되어 있는데 3개동씩 중앙에 넓은 도로를 두고 양쪽으로 나뉘어 있다. 곧게 뻗은 중앙 도로는 차가 지나다닐 수 없는 보행로라서 도보 이용객에게 최적이다. 2000년대 초반에는 중앙 무대에서 매주 음악방송이 생방송으로 진행되었기 때문에 10대들 사이에서 명성이 자자했다. 하지만 문화광장 건너편에 새로운 쇼핑거리가 생기면서 일산 최대 번화가라는 타이틀을 넘겨줘야 했다.

일산문화광장 남쪽에 위치한 쇼핑거리는 앞서 소개한 쇼핑거리와 비슷한 구조지만 중앙도로가 비좁아 사람이 많은 날이면 통행이 불편하다. 그럼에도 웬만한 체인점을 비롯해 줄을 서서 먹는 맛집까지 있는 곳이라 불편을 감수하고 찾게 된다.

이번에는 정발산역의 반대편으로 나가보자. 정발산역 3번 출구는 도서관과 극장이 붙어 있는 문화 시설 부지로 연결된다. 게다가 그 뒤로는 정발산을 오르는 산책로와도 맞닿아 있다. 정발산은 원래 풍산역 뒤편에 있는 고봉산과 연결된 하나의 산이었다. 바로 이 고봉산이 일산(一山)이라는 지명이 의미하는 '하나의 산'이다. 도시 개발로 인해 고봉산에서 분리되어 단독 산이 된 정발산은 높지 않아서 호수공원과 더불어 일산에 있는 초등학교의 단골 소풍 장소다.

지하철역과 닿아 있는 산책로로 산을 오르기 시작했다면 내려갈 때는 반대편으로 가는 것을 추천한다. 밤가시마을 방향으로 난 등산로가 완만해서 무릎에 무리도 적지만 무엇보다도 길이 아름답다. 산책로 시작부터 끝까지 은행나무가 심어져 있어서 가을이 되면 장관을 이룬다. 바로 이 은행나무길이 정발산을 가을에 찾아야 하는 이유기도 하다.

산을 다 내려오면 건너편에 있는 밤가시마을이 보인다. 지하철 경의중앙선 풍산역과도 가까운 밤가시마을은 밤리단길로도 불리며 사람들의 발길이 부쩍 잦아지는 동네다. 아파트 숲에서 살짝 벗어난 동네라 한가롭고 체인점이 아닌, 밤리단길에만 있는 맛집이 숨어 있는 곳이기도 하다.

지하철 3호선은 지상과 지하를 오가는 노선이다. 대화역 기준으로 지하에서 출발해 대곡역에서 잠시 고개를 내밀고는 다시 지하로 들어간다. 그러고는 삼송역을 지나 다시 지상으로 올라온다. 지축역으로 들어가는 길에 보이는, 여러 개의 철로가 빼곡하게 들어선 곳은 3호선의 차량기지다. 동아시아 최대 크기로 알려진 만큼 처음 본 사람들은 입이 떡 벌어질 것이다. 차량기지의 매력은 눈 내리는 한 겨울에 돋보인다. 눈 덮인 철로의 차량기지를 지날 때면 열차 창문이 잠시 영화 스크린이 된다.

열차가 지축역을 지나 구파발역을 향해 갈 때면 차량기지를 담았던 열차 창문이 이번에는 북한산을 담는다. 덕분에 봄이면 새순이 돋고 가을이면 단풍으로 물드는 북한산의 풍경을 출퇴근길에 감상할 수 있다. 그러니 지축역에서 구파발역을 지날 때만큼은 잠시 눈을 들어 창밖을 바라보자.

100년 전부터 인천은
이미 국제도시였다
센트럴파크역 ~ 인천역

인천에서 가장 먼저 둘러볼 곳은 인천경제자유구역 중 하나인 송도국제도시다. 송도 신도시라고도 불리는 이곳은 간척지로서 2000년대 초반부터 개발되기 시작했다. 경제자유구역이란 쉽게 말하면 외국의 자본과 기술을 완화된 규제로 받아들일 수 있는 지역을 말한다. 하지만 송도는 말이나 글로 설명하는 것보다도 실제로 봤을 때 더 강렬하다. 넓은 도로와 독특한 디자인의 고층 빌딩을 보고 있으면 국제를 넘어 미래에 가까워진 듯하다.

송도국제도시 곳곳에 공원이 조성되어 있는데 그중 가장 유명한 곳은 단연코 송도 센트럴파크다. 인천 1호선 센트럴파크역 3번 출구로 나오면 찾을 수 있는 송도 센트럴파크에는 여러 정원이 테마별로 마련되어 있으며 작은 한옥마을도 조성되어 있다. 공원 한가운데에 만들어진 커다란 인공 호수는 공원의 남동쪽 방향 끝에서 시작해 인천 타워대로 아래로 흘러 그 너머까지 이어진다.

센트럴파크에 왔다면 한 번쯤은 호수 위를 떠다니는 보트를 타보는 것도 좋다. 두 발로 페달을 굴려 전진하는 수동 방식이 아니라 방향키까지 있는 전동 방식이라 훨씬 편하게 호수를 둘러볼 수 있다. 보트로 갈 수 있는 호수의 범위가 꽤 넓기 때문에 부지런하게 움직이지 않으면 제한 시간 안에 다 둘러보기 어려울 정도다.

보트는 인원수 별로 다양하게 준비되어 있는데 둘이서 탈 생각이라면 달 모양 보트를 추천한다. 석촌호수에서도 봤던 바로 그 보트가 송도 센트럴파크에도 있다.

해가 진 후 달 모양 보트에 조명이 켜지면 마치 초승달이 물 위를 떠다니는 것처럼 보인다. 특히 호수 위를 가로지르는 다리 위로 건물 숲과 공원의 야경이 어우러지면서 자연스럽게 포토존이 형성된다.

센트럴파크 북서쪽으로는 대규모의 주택 단지가 조성되어 있다. 주택 단지의 북쪽 끝에는 가운데 인공 냇물이 흐르는 쇼핑 단지가 들어서 있는 반면, 공원의 나머지 3면은 모두 호텔로 둘러싸여 있다. 마치 공원의 일부처럼 보이는 한옥 호텔부터 공원이 한눈에 내려다보이는 고층 호텔까지 다양한 종류의 호텔이 위치해 있다. 그렇다 보니 여러

모로 편리하고 아름다운 송도는 서울 근교 호캉스로도 유명하다.

송도는 인천시티투어버스의 시작점이기도 하다. 인천시티투어버스는 2개 노선을 운영하는데, 하나는 바다를 따라 달리는 노선이고 다른 하나는 인천의 근현대사를 둘러볼 수 있는 노선이다. 두 노선 모두 송도 센트럴파크에 있는 인천종합관광안내소에서 시작하지만 그 이후부터 각기 다른 노선을 달린다. 바다를 따라 달리는 노선이 인천국제공항을 지나 을왕리를 거쳐 다시 송도로 돌아오는 반면, 인천의 근현대사를 달리는 노선은 인천항을 거쳐 인천역에 도착한다.

지하철 1호선과 수인분당선이 교차하는 인천역은 단층의 투박한 건물과 지하철이 달리는 모습을 외부에서도 볼 수 있다는 점 때문인지 지하철역보다는 기차역 느낌이 난다. 특히, 6·25전쟁 이후 재건된 건물을 증축한 탓에 유서 깊은 분위기까지 더해진다. 그뿐만 아니라 역사 내부에는 지하철 1호선 또는 수인분당선 타는 곳을 가리키는 입식 표지판이 우두커니 서 있다. 여러모로 인천역은 일반적인 지하철역의 틀을 깬다.

인천역 1번 출구로 나오면 바로 앞에 기차 조형물이 보인다. 증기기관차 조형물에는 '한국철도 탄생역'이라 적혀 있으며, 돌상을 둘러싼 울타리는 파도가 물결치는 모양이다. 인천역 앞에 한국철도 탄생역 기념비가 설치된 이유는 인천역이 1899년 경인선 개통으로 건설된 우리나라 최초의 철도역 중 하나이기 때문이다.

인천은 기차역뿐만 아니라 다른 부분에서도 '우리나라 최초'라는 수식을 갖는다. 인천역 1번 출구에서 길을 건너거나 3번 출구로 나오면 우리가 잘 아는 동인천의 주요 명소로 이어진다. 그중 신포로23번길은 '인천 근대의 길'이라 부를 수 있을 만큼 고유한 색을 띤다. 1883년 인천항이 열리면서 인천은 근대문화가 유입되는 통로가 되었다. 신포로23번길에는 인천의 근대화를 보여주는 여러 전시관이 위치해 있다.

그중 인천개항박물관은 르네상스 양식의 근대건축물로, 일본제1은행 출장소로 사용되었던 건물이다. 내부는 윤이 나는 목조 건물로, 입구에서 반 계단을 올라가면 전시실이 있는 독특한 구조다. 은행 건물로 사용될 당시 사무실로 쓰였던 방을 확장하지 않고 그대로 두었으며 은행 금고 또한 보존하고 있어서 관람을 하다 보면 숨은 전시를 발견하는 기분이 든다.

인천개항박물관의 입장료는 성인 기준으로 1인당 500원이지만 만약 박물관과 전시관을 위주로 인천을 둘러볼 계획이라면 통합권을 구매할 수도 있다. 통합권은 인천 중구의 5개 박물관인 인천개항장근대건축전시관, 인천개항박물관, 대불호텔전시관, 짜장면박물관, 인천화교역사관을 모두 둘러볼 수 있는 티켓으로 요금은 3,400원이다. 5개 박물관의 관람권을 개별로 구매하면 4,000원이라 할인 폭이 크지는 않기 때문에 잘 계산해 보고 일정에 맞는 관람권을 구매하는 것을 추천한다.

인천항이 문을 연 지 일 년 후 인천항 주변에 설치된 청나라 조계지가 지금의 차이나타운이 되었다. 제물량로232번길에 있는 청·일 조계지 경계계단을 기준으로 동쪽을 차이나타운이라고 부른다. 계단 아래 벽화에는 중국의 유명한 학자가 새겨져 있으며 계단을 올라가면 삼국지 벽화 거리가 펼쳐진다. 거대하고 우람한 모습의 인물이 지키고 있는 삼국지 벽화 거리는 섬세한 그림과 짤막한 글로 삼국지를 소개한다.

삼국지 벽화 거리가 끝나는 지점부터는 차이나타운의 맛집 거리가 시작된다. 간단하게 손으로 들고 먹을 수 있는 길거리 음식부터 독한 중국 술을 곁들여 먹기 좋은 요리까지 상상하는 웬만한 중국요리가 다 모여 있다. 특히, 인천 차이나타운은 짜장 소스 색이 투명한 백짜장으로 유명하다. 짜장면의 핵심은 새카만 소스라고 생각했던 나는 백짜장을 처음 접했을 때 색깔만 보고 거부감이 들었다. 그러나 막상 한 젓가락 먹어 보니 내가 알던 짜장 맛과 똑같았고 오히려 더욱 담백했다. 인천 차이나타운에는 백짜장 맛집으로 알려진 곳이 많고 다른 지역에서는 맛보기 어려운 메뉴이니 차이나타운에 왔다면 백짜장에 도전해 보는 것도 좋다.

차이나타운에 맛집만 있는 것은 아니다. 맛집 거리에서 남쪽으로 내려와 차이나타운로59번길로 접어들면 오른쪽으로 정원이 보인다. 한중원이라는 중국식 정원인데 차이나타운 번화가에서 조금 벗어난 곳이라 조용한 편이다. 낮의 한중원은 중국 어디선가 봤을 법한 전형적인 정원이지만 밤이 되면 조명을 켜 다른 분위기를 만든다. 'ㅎㅈㅇ'이라 적힌 입구부터 색색의 조명을 밝히더니 정원 안으로 들어오면 반딧불이를 표현한 작은 불빛들이 나무를 타고 빛난다.

다시 청·일 조계지 경계계단으로 돌아와서 이번에는 서쪽으로 가보자. 과거에 경계계단 동쪽이 청나라 조계지였다면 서쪽은 일본 조계지였다. 옛 일본 조계지에는 지금도 일본식 목조 건물이 남아있다. 그중에는 대한민국 근대문화유산으로 지정된 130살의 목조건물도 있다. 지금은 카페로 사용되고 있어 안으로 들어갈 수 있다. 내부에는 오래된 건물이니만큼 살살 걸어달라는 안내판이 붙어 있다. 가게 한쪽에는 인천의 역사와 관련된 도서가 꽂힌 낮은 책장이 있는데 그 위로 일본 조계지 시절의 거리를 재현한 그림지도가 걸려 있다. 금융기관을 비롯해서 기모노 가게, 약방 등의 위치와 함께 짤막한 설명이 덧붙여 있다.

옛 일본 조계지 거리의 밤은 차이나타운과는 다른 분위기로 화려하다. 음식 냄새를 풍기며 붉은 조명으로 거리를 밝히는 차이나타운과는 달리 옛 일본 조계지 거리에는 노란 전구가 별처럼 떠있다. 조용하고 한적한 거리의 분위기는 차분한 목조 건물과도 잘 어울린다. 인천광역시 중구청 건물 앞에는 1883년부터 시작된 인천 개항의 역사를 담은 패널이 전시되어 있으며 일본과 중국뿐만 아니라 그 외 국가의 조계지가 어떻게 형성되었는지도 설명한다.

옛 일본 조계지 거리의 동쪽 끝은 신포국제시장으로 이어진다. 이름에 '국제'라는 단어가 붙은 것만으로도 신포국제시장이 인천항의 개항과 관련 있다는 것을 유추할 수 있다. 신포국제시장은 개항 이후 생긴 시장으로 인천항을 통해 수입되는 물품들이 주로 판매되는 곳이었으며 조계지에 거주하는 외국인들을 주 고객으로 삼았다. 지금은 지역민과 타지인 가릴 것 없이 만두와 야채 치킨 등 신포시장만의 대표 메뉴를 즐기기 위해 찾는다.

조계지 북쪽 언덕으로 올라가면 조계지부터 서해 바다까지 한눈에 볼 수 있는 자유공원이 있다. 자유공원은 19세기 말에 조성된 공원으로 100년이 훌쩍 넘는 역사를 가진다. 조성 이후 여러 이름으로 불리다가 6·25전쟁 이후 공원 정상에 맥아더 장군 동상이 세워지면서 자유공원이라 명명되었다. 맥아더 장군은 6·25전쟁 당시 제1대 UN군 사령관으로서 북한군에게 우세했던 전쟁의 판도를 바꾸는 데 결정적인 역할을 한 인물이다.

자유공원 서쪽 끝에서부터 차이나타운 맛집 거리까지 이어지는 송월동 동화마을은 인천 중구의 또 다른 모습을 보여준다. 동화마을에는 전래동화뿐만 아니라 최근에 개봉한 애니메이션 영화의 캐릭터들도 보이는데 본래 모습에 작가의 해석이 더해졌다. 동화 속 장면들이 그려진 동화마을안길과 동화마을길에는 경사가 있지만 벽화를 감상하며 걷다 보면 힘든 것도 잊어버린다.

　다시 인천역으로 돌아와서 이제 월미도로 가보자. 인천역에서 버스를 타고 가도 되지만 월미바다열차로 가는 것을 추천한다. 월미바다열차는 인천역에서 출발해 월미공원을 지나 월미도를 거쳐 다시 인천역으로 돌아오는 순환 열차다. 동절기에는 오전 10시부터 오후 6시까지 운행하지만 성수기로 꼽히는 하절기에는 공휴일과 주말의 경우 저녁 9시까지 운행한다. 월미바다열차가 정차하는 역은 총 4곳으로, 인천역 부근의 월미바다역, 월미산 월미공원으로 이어지는 월미공원역, 월미도 테마파크로 이어지는 월미문화의 거리역, 마지막으로 한국이민사박물관 부근의 박물관역이 있다.

　월미바다역 대합실은 마치 개화기 기차역의 대합실을 세련되게 옮겨놓은 듯하다. 승차권은 성인 1인 기준 8,000원이며, 하나의 승차권으로 1회 재승차가 가능하다. 표를 구매하면 열차표와 함께 번호가 적힌 티켓을 받는다. 안내 방송으로 티켓 번호가 불리면 열차를 타러 가면 된다. 한 번에 수용할 수 있는 인원이 많은 것에 비해 좌석이 많지는 않아서 대부분 서서 간다.

　열차에는 해설사가 동행하여 인천항을 지나 월미도로 향하는 동안 월미도의 역사와 주변 건물 및 지형에 대한 설명을 들려준다. 인천항을 지나는 동안 가장 눈에 띄는 책 모양의 16개 저장고는 세계 최대 크기로 기네스북에 등재되어 있다. 첫 번째 저장고에는 소년이 그려져 있는데 제일 마지막 저장고에는 어른의 모습이 그려져 있어 인간의 성장과정을 보여주는 그림으로도 유명하다. 월미공원역을 지나 오른쪽에 바다를 끼고 달릴 때는 바다 너머로 영종도가 보인다.

월미문화의 거리역에서 내렸다면 바다를 따라 걸으며 구경할 수 있다. 바닷길의 시작 부근에는 인천상륙작전 상륙지점을 알리는 비석과 함께 깃발을 꽂는 국군 동상과 UN군 동상이 있다. 한참 위로 올려다봐야 하는 높이지만 바다열차를 타고 지나간다면 동상의 꼭대기와 눈높이가 맞는다. 인천상륙작전은 6·25전쟁 당시 자유공원에서 봤던 맥아더 장군의 지휘로 실시된 작전이다. 6·25전쟁이 발발한지 3개월도 채 되지 않았던 시점에 이미 북한군은 한반도 아래까지 점령한 상태였다. 그러자 맥아더 장군은 북한군의 허리를 끊고 보급로를 차단하기 위해 상륙작전을 계획했다. 하지만 인천 월미도 해안은 조수간만의 차가 심해 상륙작전에 적합하지 않았다. 그러나 맥아더 장군은 5000분의 1이라는 확률을 뚫고 상륙작전을 성공시켰다.

계속해서 바닷가 길을 따라 걸으면 한쪽으로는 바다가 펼쳐지고 반대편에는 조개구이 가게가 즐비한 모습을 볼 수 있다. 바닷길 끝에는 월미바다열차가 정차하는 박물관역이 있으며 역 뒷길로 들어가면 한국이민사박물관이 나온다. 한국이민사박물관은 지하까지 총 3개 층이며 4개의 전시실이 있다. 인천의 개항과 함께 시작된 이민의 역사와 이민자들의 삶에 대해 전시하고 있다. 이민자들을 태우고 떠났던 배

외관을 본 따 만든 전시실과 이민자들의 거주지를 재현한 공간도 함께 관람할 수 있다.

월미도의 핵심이라 할 수 있는 놀이공원은 박물관에서 멀지 않은 곳에 있다. 자유이용권이라는 것이 없고 1~4기종까지 탈 수 있는 이용권 중에서 고를 수 있으며 대관람차와 같이 인기 있는 놀이 기구는 별도 이용권을 구매해야 한다. 대형 놀이공원만큼 붐비지는 않지만 DJ의 멘트를 곁들인 디스코 팡팡만큼은 쉬지 않고 돌아간다.

인천에 국제도시가 조성되기 훨씬 전인 19세기에 이미 인천은 개항과 함께 국제도시가 되었다. 오늘 둘러본 송도와 인천 중구를 비롯해 인천 곳곳은 여전히 개발 중이다. 앞으로 인천이 어떠한 새로운 모습으로 국제적인 비상을 보여줄지 기대된다.

왕의 꿈이 담긴 마을을 가다
(수원역)

수원역은 지하철 1호선을 타고 갈 수도 있지만 서울역에서 기차를 타고 갈 수도 있다. 무궁화호의 경우 편도로 3천 원이 넘지 않으며 수원역까지 30분 정도 소요된다. 지하철은 기차보다 저렴한 반면 소요시간이 더 길고 좌석을 지정할 수 없다. 반면에 기차는 지하철 요금의 2배가 들지만 소요시간을 대폭 줄일 수 있고 지정좌석이 가능하다. 돈, 시간, 그리고 체력을 삼각형으로 그려본 후 가장 맞는 방법을 선택하도록 하자.

수원역에 도착했다면 밖으로 나와 버스를 타고 수원화성으로 가보자. 수원화성이 수원의 랜드마크인 만큼 수원역에서 수원화성까지 가

오늘 여행은 어느 역에서 시작할까?

는 버스는 굉장히 많다. 수원역 7번 출구 앞 중앙 차로에 있는 정류장에서 출발하는 버스만도 8개에 달한다. 이곳에서 출발하는 버스들은 수원화성 뒤쪽 도로를 달려 장안문 근처에 내려준다. 만약 수원역 4번 출구에 있는 정류장에서 버스를 탄다면 정조로를 달리며 팔달문을 지나 화성행궁 맞은편에 내릴 수 있다. 단, 4번 출구에서 출발하는 버스는 13번 하나뿐이니 배차간격을 잘 봐야 한다.

조선 중기에 임진왜란과 병자호란이라는 큰 전쟁을 겪으면서 이후 왕들은 국방 강화에 힘썼다. 조총 부대를 조직하는가 하면 군사 훈련을 위한 교본을 만들기도 했다. 수원을 대표하는 수원화성 또한 국방 강화의 맥을 잇는다. 수원화성은 조선 후기인 1796년에 정조의 명으로 지어진 성이자 요새이다. 과학적인 방법으로 건축되어 비교적 짧은 기간 안에 완공되었으며 여러 측면에서 가치를 인정받아 세계문화유산으로 등재되었다. 게다가 수원화성 건설 시 겨울에는 노동자들에게 방한용품을 제공했다고도 한다. 당시에는 건설 현장에 일반 백성들을 동원하는 것이 당연했던 것을 고려하면 방한용품 제공은 직원 복지의 개념을 넘어 백성에 대한 마음으로 해석할 수 있다.

수원역 7번 출구 정류장에서 버스를 타고 왔다면 수원화성으로 들어가기 위해 장안문을 거쳐야 한다. 장안문에는 수원화성의 독특한 구조가 숨어 있다. 장안문은 수원 화성의 북쪽에 위치한 대문으로 예로부터 수원화성에 입성할 때 거쳐야 하는 주요 대문이었다. 그런데 서울의 숭례문에서 알 수 있듯 일반적으로 성의 대문 역할은 남쪽이 담당한다. 그렇다면 왜 수원화성은 북문에게 주요 대문의 역할을 준 것일까? 그 이유는 바로 수원 화성의 군사적 목적에서 찾을 수 있다. 수원화성이 조선시대 수도인 한양의 남쪽에 위치해 있어서 한양을 떠나 피난을 왔을 때 장안문이 가장 가까운 대문이기 때문이다.

수원역 4번 출구 정류장에서 버스를 탄다면 수원화성의 남문인 팔달문을 거쳐 들어온다. 수원화성 성곽이 가로지르는 팔달산에서 유래된 팔달문은 차도 한가운데 위치해 있어 도보로는 접근할 수 없다. 하지만 오히려 멀리서 봐야 성문을 전체적으로 보기 좋으니 너무 아쉬워할 필요는 없다.

수원화성 성곽은 장안문에서 시작해 수원천을 지나 동장대를 거쳐 남쪽으로 팔달문까지 이어진 뒤, 동쪽으로 꺾어 팔달산을 가로질러 장안문으로 돌아오는 모양이다. 수원화성 성곽을 둘러보는 방법에는 두 가지가 있다. 첫 번째는 성곽길을 따라 걸으며 둘러보는 것이다. 성곽길은 늘 붐빌 정도로 인기가 좋다. 특히, 수원화성 주변에 높은 건물이 없어 성곽길에만 올라도 하늘과 가까워지고 수원을 내려다볼 수도 있다. 해가 지면 노란 조명이 성곽길을 밝혀주어 낭만을 더한다.

성곽길로 곧장 내리쬐는 햇볕과 바람을 피해 걷고 싶다면 성곽 바깥쪽 둘레길을 추천한다. 둘레길은 성곽길에 비해 붐비지도 않고 조용하다. 시야 한 면이 성벽에 가려지는 것이 아쉽기는 하지만 햇빛이 심

오늘 여행은 어느 역에서 시작할까?

한 날에는 성벽의 그림자를 그늘 삼아 수월하게 걸을 수 있다.

수원화성 성곽을 둘러보는 또 다른 방법은 화성어차를 이용하는 것이다. 화성어차는 왕의 가마가 이어진 형태의 관광열차로 수원화성 성곽을 따라 달린다. 노선은 관광형과 순환형으로 나뉘어 있으며 요금과 출발 지점이 각기 다르니 미리 확인하는 것이 좋다. 화성어차는 늘 인기가 좋아서 온라인으로 사전에 예매하는 것을 추천한다. 현장 매표소에서 티켓을 구입할 경우 원하는 시간대를 고르기가 어렵다. 사전 예매 방법이 있는 줄 모르고 늘 현장에서 티켓 구입을 시도하다가 실패해서 단 한 번도 타보지 못하고 눈앞을 지나는 화성어차를 구경하기만 했다.

장안문에서 동쪽으로 걸어가면 화홍문 나온다. 화홍문은 사람이 지나가는 문이 아니라 물길 위에 세워진 수문이다. 신발을 벗고 화홍문 안으로 들어가면 평화로운 물소리와 바람 소리가 들린다. 하늘이 맑은 날이면 물 위로 비치는 푸른 하늘과 녹색 잎새가 어우러진 모습을 감상할 수 있다. 화홍문의 남쪽에는 물을 가로지르는 돌다리가 있는데 돌다리에 올라서면 화홍문의 전체적인 모습을 감상할 수 있다. 물가와 붙어있는 양쪽에도 산책로가 조성되어 있으며, 화홍문과 같은 높이로도 도로가 조성되어 있어서 물길을 따라 걸을 수 있는 환경이 잘 갖추어져 있다. 화홍문을 지나는 수원천에는 물고기가 헤엄치고 화홍문 북쪽의 냇물에는 오리가 살고 있어 자연친화적인 모습이다.

화홍문의 동쪽으로는 방화수류정이 있다. 방화수류정의 군사적 목적은 성벽을 조망하는 각루지만 워낙 경관이 아름다워서 휴식공간인 정자로도 사용되었다. 방화수류정에서 내려다보이는 곳에는 연못이 조성되어 있는데 바로 이 주변이 입소문을 타기 시작했다. 용연이라는 연못은 한가운데에 흙과 돌을 쌓아 언덕을 만든 독특하고도 아름다운 모습이다. 연못에는 연꽃이 피어나고 그 주변에는 버드나무를 심어 어떻게 봐도 그림 같은 경관이다. 용연을 사이에 두고 방화수류정을 올려다보는 위치에는 높고 굵은 은행나무가 있어 그늘이 되어준다. 방화수류정의 잔디밭에서는 피크닉이 가능해서 봄가을에는 돗자리를 펴고 소풍을 즐기는 사람들을 볼 수 있다.

방화수류정에서 동쪽으로 걸어가면 동장대를 지나 길 건너로 창룡문이 보인다. 창룡문에는 열기구를 타고 수원화성의 전체적인 모습을 볼 수 있는 체험공간이 마련되어 있다. 수원화성 부근에서 버스를 타고 가다 보면 하늘에 떠 있는 열기구가 보이는데 바로 창룡문에서 출발한 계류식 헬륨기구다. 하늘에서 수원화성을 내려다볼 수 있어 낮밤 가리지 않고 인기가 좋으며, 특히 해 질 녘에 보는 풍경이 가장 아름답다고 한다. 지상에서 올려다보면 크기를 가늠할 수 없어 풍등처럼 보이기도 한다.

수원화성 한가운데 있는 화성행궁은 왕이 한양을 떠나 수원화성에 있을 때 머물렀던 궁이다. 지금은 모두에게 개방되어 있으며 입장료는 성인 1인 기준으로 1,500원이다. 낮에도 물론 화성행궁을 관람할 수 있지만 밤에 관람하는 것을 추천한다. 화성행궁 야간 개장은 늦봄부터 가을 중순까지만 운영된다. 입장료는 낮과 동일하며 입장 인원에 제한이 없어서 현장 발권 후 입장하면 된다. 야간 개장 시간에 방문하면 등불로 만들어진 다양한 조형물을 관람할 수 있다.

만약 수원 시내의 야경을 보고 싶다면 화성행궁 뒤편 산길을 통해 팔달산을 올라 보자. 서울 한복판과 달리 주변에 원체 빛이 없어서 청사초롱이 길을 밝혀주긴 해도 어둡다. 길이 좁고 경사가 있기 때문에 조심해서 정자가 있는 곳까지 올라가면 나무가 우거진 틈 사이로 수원 시내가 내려다보인다. 화성행궁 뒤로 펼쳐진 평범한 도심의 불빛은 과거와 현재를 나누는듯하면서도 조화롭게 빛난다.

해가 지면 화성행궁 앞 광장에 심어진 나무에 삿갓을 단 등이 켜진다. 화성행궁을 보러 온 사람이든 미술관 옆 개방화장실을 이용하려고 온 사람이든 다들 삿갓등 근처에 옹기종기 모여 사진을 찍는다. 삿갓등 뒤로는 수원시립미술관이 있는데 '미술관 옆 화장실' 안내판에서 언급되는 미술관이 바로 이곳이다. 화장실은 무료 개방이지만 미술관은 성인 1인 기준으로 4,000원의 입장료를 받는다.

미술관에서 창룡대로를 따라 걷다가 다리를 건너면 수원화성박물관이 나온다. 수원화성과 수원화성을 건설한 정조에 대한 전시를 볼 수 있는 박물관이다. 수원화성박물관의 입장료는 두 가지 방식으로 운영된다. 일반 매표와 통합 매표가 있는데 일반 매표는 수원화성박물관 한곳만 관람할 수 있는 표로 성인 1인 기준 2,000원이다. 통합 매표는 화성행궁, 수원박물관, 수원화성박물관을 모두 관람할 수 있는 표로 성인 1인당 3,500원이다. 화성행궁과 수원화성박물관은 서로 가깝지만 수원박물관은 분당선 광교역 근처에 위치해 있다. 만약 거리 때문에 수원박물관 관람이 고민이라면 일단 통합권으로 구매하자. 화성행궁 입장권과 수원화성박물관 입장권만 더해도 통합 매표 가격과 동일하기 때문에 수원박물관을 관람할 가능성이 조금이라도 있다면 통합 매표를 구매하는 것이 이득이다.

수원을 찾은 방문객들이 수원화성과 함께 가장 많이 찾는 곳은 행궁동이다. 수원화성이 품고 있는 행궁동은 수원화성과 가까워 관광객들이 쉽게 찾을 수 있는 곳이기도 하지만 다양한 맛집과 수원화성을 바라보며 커피를 마실 수 있는 곳으로도 유명하다. 행궁동은 행리단길이라 불리며 수원을 찾는 연인과 가족, 친구들의 발길을 끌어모은다.

수원화성을 방문했던 어느 날, 행리단길에 있는 가게 이곳저곳을 구경하고 있는데 어디선가 갑자기 꽹과리 소리가 들렸다. 소리가 나는 쪽을 따라 거리로 나가보니 '행궁동은 걸어서'라는 현수막 뒤로 행진이 이어지고 있었다. 사물놀이패가 앞장서서 흥겨운 가락을 연주하고 그 뒤로 진짜 같은 공룡 탈을 쓴 사람과 나무 탈을 앞으로 멘 사람들이 행진했다. 행진이 주장하는 것처럼 행궁동의 매력은 걸어서 둘러봐야지만 제대로 느낄 수 있다.

행궁동행정복지센터 앞에는 커다란 표지석이 세워져 있다. 표지석에는 '왕의 꿈이 깃든 마을 축복의 땅, 행궁동'이라 새겨져 있다. 수원화성은 정조의 꿈이었다. 왕권을 강화하여 당파싸움을 멈추고 궁극적으로는 조선을 굳건하게 만들려던 꿈. 수원화성은 뛰어난 군사시설로 건축되었지만 전쟁 중 요새로 사용되었던 적은 없었다. 안타깝게도 그 이유는 조선이 굳건해졌기 때문이 아니라 전쟁의 양상이 바뀌고 시대의 흐름이 달라졌기 때문이다. 조선에 대한 정조의 꿈은 이루어지지 못했지만 깊은 뜻만큼은 수원화성을 통해 후대에 전해져 지금의 대한민국이 되었다.

V.

지역,
산을 넘어 또 다른 도시 만나기

대전 여행을 망설이고 있나요?
(대전역 ~ 중앙로역 ~ 중구청역 ~ 정부청사역 ~ 유성온천역)

대전으로 여행을 간다고 하면 대부분 비슷한 반응을 보인다. "대전에 뭐 하러 가?" 일부는 이해할 수 없어서 묻는 질문이지만 다른 일부는 진심으로 궁금한 표정으로 묻는다. 누군가 수도권을 벗어나 가까운 곳으로 여행을 가고 싶은데 어디로 갈지 모르겠다고 하면 나는 대전을 추천한다. 대전이 유명 관광지가 아닌 것은 잘 알고 있다. 하지만 당일치기를 비롯해 1박 2일로 짧게 여행을 다녀올 수 있는 곳으로 대전을 추천하는 이유는 서울에서 가깝고 대중교통이 잘 되어 있다는 것이 첫 번째 이유다. 또한, 굳이 미리 예약하거나 준비하지 않아도 편하게 즐기다 올 수 있는 곳이다.

오늘 여행은 어느 역에서 시작할까?

대전은 지역이긴 하지만 서울에서 가깝기 때문에 고속버스로 가도 소요 시간이 짧은 편이다. 서울고속버스터미널 기준으로 대전복합터미널까지 2시간 정도 걸리며 가장 저렴한 요금이 편도 기준으로 1만 원을 조금 넘는다. 만약 KTX를 타고 간다면 서울역에서 대전역까지 한 시간 정도 소요되며 가격은 편도 기준으로 2만 원이 조금 넘는다. 버스와 기차가 정확히 절반의 시간과 절반의 요금 차이를 보인다.

하지만 대전복합터미널은 지하철역으로 연결되지 않는 반면, 대전역은 지하철역과 연결되며 대전의 번화가인 중앙로와도 가깝다. 여행의 기회비용을 따졌을 때 기차로 가는 방법이 더 나을 수도 있으니 방문 목적과 숙소 위치(최소 1박 2일 여행이라면), 그리고 가방의 무게 등을 종합적으로 고려해서 대전까지 가는 교통편을 정하도록 하자.

대전에는 지하철이 있어 대중교통으로도 충분히 다닐 수 있지만 시티투어버스를 타고 돌아볼 수도 있다. 시티투어버스에는 해설사와 함께 하는 코스와 자유롭게 승하차할 수 있는 코스가 있다. 각 코스마다 두 개의 노선이 있는데 테마를 확인하고 원하는 노선을 골라 사전 예약하면 된다. 해설사와 함께 하는 코스의 경우 아침부터 저녁까지 종일 코스로 운영되기 때문에 계획 짜는 것을 좋아하지 않는다면 투어버스가 제공하는 코스를 그대로 따라가면 된다. 반면에 자유롭게 승하차할 수 있는 코스는 정류장 별로 버스 도착 시각이 정해져 있어 버스 일정을 참고하여 나만의 여행을 계획할 수 있다.

시티투어버스 없이 대전을 두 발로 돌아보고 싶다면 지하철을 적극 활용하자. 대전 지하철은 단일 노선으로 운행되며 지하철 대전역은 기차역과 이어진다. 덕분에 기차를 타고 대전에 도착한다면 지하철 대전역으로 쉽게 이동할 수 있다. 만약 고속버스를 타고 왔더라도 시내버스를 타고 대전역으로 와서 본격적으로 여행을 시작하는 것을 추천한다.

대전역의 정면이자 서쪽 방향으로는 중앙로가 넓고 길게 뻗어 있다. 역 바로 앞에는 중앙시장이 있으니 기차에서 내리자마자 허기를 느낀다면 중앙시장에서 첫 끼를 해결하자. 중앙시장에서 대전천을 건너면 본격적인 중앙로 번화가가 펼쳐진다. 중앙로는 대전역에서부터 옛 충남도청 건물까지 이어진다. 중앙로에는 동명의 지하철역이 있는데 역 중심으로 지하상가가 조성되어 있다. 중앙로역 주변에는 백화점을 비롯해 음식점과 각종 상점이 들어서 있어 북적거린다. 특히 중앙로역 2번 출구 방향에 있는 베이커리는 대전을 대표하는 가게로 여행객뿐만 아니라 지역 주민들에게도 인기가 많다. 그렇다 보니 가게 내부는 늘 붐비며 때에 따라 가게로 들어가기 위해 줄을 서야 할 수도 있다.

중앙로의 동쪽 끝이자 중구청역 4번 출구 맞은편에는 옛 충남도청 건물이 있다. 이 건물은 80년 동안 충남도청으로 사용되었으나 청사가 다른 도시로 이전하면서 대전근현대사전시관이 되었다. 1932년에 지어진 건물로 현재까지 내외부에 근대 양식이 남아 있어서 근현대사를 배경으로 하는 영화나 드라마의 촬영 장소로도 사용된다.

　대전근현대사전시관은 무료입장으로 운영되고 있다. 대전의 근현대사를 전시하는 1층 전시실뿐만 아니라 2층으로 올라가는 계단과 난간, 조명까지 모두 옛 모습을 그대로 간직하고 있어 마치 시간 여행을 떠난듯하다. 2층 역시 옛날 분위기가 물씬 풍긴다. 세로로 긴 유리창과 나무 창틀은 요즘 건물에서는 보기 힘든 구조다. 2층에는 옛 도지사실을 재현해놓은 공간이 있어서 집무실을 관람할 수 있다.

　이번에는 지하철을 타고 조금 멀리 떨어진 정부청사역으로 가보자. 정부청사역 4번 출구로 나가면 넓은 정부대전청사가 보인다. 청사 뒤편에 위치한 둔산대공원에는 대전의 미술관과 극장, 그리고 한밭수목원이 있다. 둔산대공원에서 대전엑스포시민광장을 따라 올라가서 한밭수목원으로 들어가 보자.

　'한밭'은 큰 밭이라는 뜻의 대전을 의미하는 우리말이다. 둔산대공원이 조성된 것은 90년대 초반이지만 한밭수목원이 문을 연 것은 2000년대 들어선 이후다. 무료로 관람할 수 있는 한밭수목원은 엄청난 규모를 자랑하며 자연체험의 장과 휴식을 위한 공원의 역할을 모두 수행한다. 수목원은 중앙 도로를 중심으로 동원과 서원으로 나뉘며 워낙 크다 보니 입장할 수 있는 문도 여러 곳에 위치해 있다. 시간적 여유가 있다면 동원과 서원을 모두 관람하는 것을 추천한다. 지도를 보고 원하는 곳을 콕 집어 갈 수도 있지만 발길이 닿는 대로 걸으면서 구석구석을 구경하는 것도 좋다.

한밭수목원의 북쪽 끝에서 엑스포 다리를 건너가면 엑스포과학공원이 보인다. 엑스포과학공원은 지금까지도 회자되고 있는 1993년 대전 엑스포의 현장이다. 국제박람회기구가 공식적으로 인정한 박람회로는 최초 개최였던 대전 엑스포는 당시 엑스포 다리에 발 디딜 틈이 없을 정도로 압도적인 인파가 몰렸다. 수십 년의 세월이 지난 지금은 그때만큼의 폭발적인 인기를 누리지는 못하지만 꾸준히 방문객을 맞이한다. 꾸준한 방문객들을 위해 엑스포과학공원 중앙에 세워진 한빛탑 앞에서는 음악 분수가 운영된다. 음악 분수는 낮부터 밤까지 정해진 시각에 운영되니 관람을 원한다면 미리 정보를 찾아보는 것이 좋다.

한빛탑과 그 뒤에 있는 대전엑스포기념관은 모두 무료입장이다. 한빛탑 전망대로 올라가면 대전 시내를 내려다볼 수 있으며, 대전엑스포기념관에서는 1993년에 개최되었던 대전 엑스포에 대해 자세히 알 수 있다. 대전 엑스포의 마스코트인 꿈돌이는 엑스포공원 안에서뿐만 아니라 주변 곳곳에서도 찾을 수 있다. 엑스포 다리에도 새겨져 있으며 공원 앞 도로에도 있다. 그중 가장 인기가 많은 꿈돌이는 광장에 서 있는 대형 꿈돌이다. 나이로 따지면 어른이 되고도 남았지만 변치 않는 귀여운 외모로 여전히 사랑받는다.

이제 다시 지하철을 타고 대전의 동쪽으로 가보자. 엑스포가 개최되기 전의 대전은 온천으로 유명했다. 대전 유성온천의 역사는 삼국시대로 거슬러 올라갈 정도로 유서 깊다. 지하철 유성온천역 6, 7번 출구로 나와 직진하면 가로로 길게 뻗은 유성온천공원이 있다. 공원에는 족욕체험장이 마련되어 있어서 여행으로 지친 두 발이 느긋하고 따뜻한 휴식을 즐길 수 있다. 유성온천공원 주변에는 온천탕을 갖추고 있는 숙박시설이 오랜 세월 동안 자리를 지키고 있다. 유성온천역은 매년 5월 축제 기간에 평소보다 더욱 활기를 띤다. 대전에서 온천을 즐기고 싶다면 축제 기간에 방문하여 온천도 즐기고 축제에서만 즐길 수 있는 행사에도 참여해 보자.

대전역에서 기차를 기다리고 있으면 다들 손에 대전의 유명 빵집 봉투를 들고 있는 모습을 볼 수 있다. 나 역시 대전에서 올라오는 길에는 항상 커다란 빵 봉투를 들고 기차에 오른다. 대전에서만 맛볼 수 있는 빵 덕분에 서울에 와서도 빵을 먹으며 대전을 여행하는 기분을 느낀다.

전주 한옥마을의 다채로운 매력
(전주역)

이번에는 KTX를 타고 좀 더 멀리 가보려고 한다. 방향은 전라도로 정했다. 전라도는 전주와 나주의 앞 글자를 하나씩 따서 붙인 이름이다. 그만큼 역사적으로 전주와 나주가 전라도에서 중요하다고 할 수 있는데 그중 전주로 가보자. 전주역은 전라선에 위치해있으며 용산역과 서울역 둘 다에서 출발할 수 있다. 전주역에는 KTX와 무궁화호, ITX-새마을호가 정차한다. KTX를 타고 가면 서울역에서 전주역까지 2시간 가까이 걸리며 1인 편도 요금은 약 35,000원이다.

전라북도에 위치한 전주는 후백제가 건국된 곳이며 조선을 건국한 태조 이성계의 본향이다. 지금은 전주의 역사적인 배경보다는 한옥마을 덕분에 전라도의 대표 관광지 중 하나가 되었다. 이를 상징하듯 전주역의 외관은 기와를 얹은 한옥이다. 전주 한옥마을은 외국인 관광객들에게도 인기가 좋아서 지역 도시 중 외국인 관광객이 많은 편이다.

전주에는 지하철이 없기 때문에 대중교통은 버스가 전부다. 낯선 지역 도시의 버스 배차 간격과 도착 시간을 미리 알아보고 계획한다는 것은 불가능에 가까울 정도로 어렵다. 전주역에 버스가 오기는 하지만 배차 간격이 길고 하루에 3~4회만 운행하는 버스가 많기 때문에 시간 절약과 정확성을 위해 택시 타는 것을 추천한다. 여행 시작부터 힘 빼지 말고 전주역을 나섰다면 택시 승강장으로 가자.

전주에는 3종류의 숙소가 있다. 첫 번째는 한옥 또는 옛날 가옥으로 된 게스트하우스다. 이러한 게스트하우스는 한옥마을 곳곳에 흩어져 있지만 대부분 한옥마을 남쪽에 몰려 있다. 가격이 저렴해서 부담이 없고 번화가랑 적당히 떨어져 있어서 조용하면서도 한옥마을 중심부까지 도보로 이동할 수 있다. 하지만 단층 주택 특성상 여름에는 벌레를 피할 수 없다. 처음 전주를 여행했던 때 한옥 게스트하우스에서 하룻밤을 보냈는데 원래도 벌레에 예민하다 보니 겨우 2~3시간밖에 못잤다.

두 번째는 한옥 분위기를 낸 일반 호텔이다, 그래도 전주 한옥마을까지 왔는데 현대식 호텔에서 지내는 것이 아쉬운 사람들을 위한 선택지다. 겉모습은 현대식 호텔 건물이지만 내부는 한옥처럼 장판과 온돌이 깔려 있으며 벽에는 옛 서화가 걸려 있다. 마지막 세 번째는 일반적인 현대식 호텔이다. 깔끔하고 주요 관광지와도 가깝지만 세 종류 중 가격이 제일 비싸다.

전주의 매력은 다양하지만 방문객이 가장 많이 찾는 장소를 모아보면 역사라는 키워드로 묶인다. 전주의 역사 테마 여행은 전주 한옥마을의 입구인 풍남문에서 시작한다. 풍남문은 옛 전주 읍성의 남대문으로 도심 중앙에 위치해 있다. 바로 옆에 광장을 끼고 있으며 길 하나만 건너면 한옥마을이 시작된다.

풍남문에서 동쪽으로 길을 건너 전주한옥마을 안으로 들어가면 전주경기전이 보인다. 전주경기전은 왕의 어진을 모시고 제사를 지내는 곳으로 지금도 전주경기전 안에 있는 어진박물관에서 태조 이성계의 어진을 모시고 있다. 전주경기전은 태조 이성계의 아들이자 조선 3대 임금인 태종 이방원에 의해 세워졌다. 현재는 개방되어 관람이 가능하며 성인 1인 기준 3,000원의 입장료를 받는다. 단, 전주 시민은 할인을 받아 1,000원에 입장할 수 있다. 전주 한옥마을의 인기에 비해 전주경기전 안은 생각보다 붐비지 않아서 여유롭게 둘러볼 수 있다. 한복을 입은 방문객이 많이 보이는데 역사적인 장소인 만큼 한복과 잘 어울린다.

전주경기전 건너편에는 가톨릭 성당인 전동성당이 있다. 현재의 모

오늘 여행은 어느 역에서 시작할까?

습은 20세기 초반에 완공된 것으로 서양 건축 양식으로 지어졌다. 전주 한옥마을에서 서양식의 건축물을 본다는 것이 이질적이라고 생각할 수 있지만 실제로 보면 생각과 다르게 주변 환경과 자연스럽게 어우러진다. 심지어 전주경기전 맞은편에 위치해 있어서 조선시대에서 근대로 넘어가는 자연스러운 흐름처럼 보이기도 한다. 전동성당은 미사 시간을 제외하면 관람이 가능한데 주말에 결혼식이 있을 경우에는 예식 준비를 위해 미사 시간이 아니어도 출입을 제한한다.

나의 첫 번째 전주 여행 첫날 첫 행선지가 전동성당이었다. 계획대로라면 방문할 생각이 없었는데 갑자기 비가 내리는 바람에 비를 피할 곳이 필요했다. 우뚝 솟은 전동성당이 가장 먼저 눈에 들어와 다른 생각할 겨를 없이 비를 피하러 들어갔다. 성당을 모두에게 개방한다는 의미로 비가 와도 성당 문은 열려 있다. 조용한 성당에 앉아 빗소리를 들으며 젖은 옷이 마르고 비가 멈추기를 기다렸다.

이번에는 전주 한옥마을의 남동쪽 끝으로 가보자. 이름에서부터 목적지가 팍팍 느껴지는 향교길을 따라 동쪽으로 걸어가면 전주향교가 나온다. 서울 강서구의 양천향교를 통해 설명한 대로 향교는 조선시대에 운영되었던 지역의 교육기관이다. 현재는 유적지라 무료로 입장할 수 있는데 독특하게도 결혼식 장소로도 사용된다. 식은 야외에서 열리며 전통혼례가 아니라 일반 결혼식으로 진행한다. 전주향교는 400년이 넘은 은행나무로도 유명하며 가을이면 은행나무를 보러 방문하는 사람들이 많다.

이번에는 전주 한옥마을에서 조금 벗어나 보자. 풍남문의 북쪽 방향으로 풍남문3길을 따라 올라가면 넓은 부지에 자리 잡은 한옥이 보인다. 부지가 넓어서 한눈에 봐도 평범한 한옥이 아님을 직감할 수 있다. 이곳은 전라감영을 복원한 곳으로 감영은 조선시대에 도청과 같은 역할을 했던 곳이다. 입장료 없이 누구나 방문할 수 있으며 저녁에는 조명이 켜져서 낮보다 더 두드러진다. 부지를 둘러보는 것뿐만 아니라 신발을 벗고 마루 위로 올라갈 수도 있어 다른 유적지보다 훨씬 자유롭게 둘러볼 수 있다.

이처럼 잘 알려지지는 않았지만 도시 한복판에 위치한 유적지가 또 있다. 전라감영에서 전라감영5길을 따라 북쪽으로 더 올라가면 전주 풍패지관이 있다. 건물 하나로 된 단출한 유적지지만 의례를 올리거나 외국 사신 또는 중앙 부처의 관리들이 전주에서 머물 때 사용하던 숙소로 중요한 장소다. 건물 안으로 들어갈 수는 없지만 마루에 걸터 앉을 수는 있어서 지금도 여행객들의 휴식처 역할을 한다.

전주 풍패지관에서 전주객사5길을 따라 걸어가면 양쪽으로 쇼핑센터가 조성되어 있다. 관광객보다는 지역 주민의 발길이 더 잦을 것 같은 이 길에는 백화점을 비롯해 서점, 미용실, 옷 가게 등이 줄지어 서 있다. 여행을 하다 보면 급하게 생활용품이나 편하게 신을 신발이 필요할 때가 있는데 이런 것들을 관광지에서 구하기는 쉽지 않다. 나 역

오늘 여행은 어느 역에서 시작할까?

시 급하게 살 것이 있어 이 길까지 왔다가 길 끝에서 우연히 전주 영화의 거리를 발견했다.

전주영화의 거리로 불리는 전주객사4길 초입에는 카메라와 붐 마이크를 들고 있는 동상이 있다. 이 길이 전주영화의 거리로 불리는 이유는 매년 전주국제영화제가 열리는 곳이기 때문이다. 영화의 거리답게 전국에 프랜차이즈를 갖고 있는 대형 극장은 물론이고 전라도 또는 전주에서만 볼 수 있는 지역 극장도 볼 수 있다.

이제 본격적으로 전주 한옥마을을 걸어보자. 전주 한옥마을은 북쪽으로는 전주경기전의 어진길에서 시작해 남쪽으로는 청연루를 건너기 전까지고, 동쪽으로는 기린대에서 시작해 서쪽으로는 풍남문이 있는 팔달로까지를 말한다. 한옥마을을 가로지르는 길들은 돌담을 따라 조성되어 있으며 마을 내부에서는 고층 빌딩을 찾을 수 없다. 돌담을 닮은 보도블록과 한복을 입고 돌아다니는 관광객들이 한옥마을의 감성을 더한다. 게다가 한옥마을의 메인 거리라 할 수 있는 은행로에는 길 한가운데 난 물길을 통해 물이 흐른다. 도로의 분위기만 생각하면 시조가 절로 나올 것 같지만 워낙 방문객이 많아서 정신없이 걷기 바쁘다.

홀로 전주를 방문했던 어느 저녁에 특별한 계획 없이 거리를 걷고 있었다. 마당극이 열리는 공연장 앞을 지나던 중 한옥마을 내 게스트하우스에서 묵을 경우 관람료를 할인받을 수 있다는 말에 공연을 관람하게 되었다. 주변의 다른 관람객들을 보니 대부분 어린아이들과 함께 온 가족들이었다. 어릴 때 이후로 처음 보는 마당극이었는데 그때는 이미 알고 있는 이야기를 과장스럽게 표현하는 것이 유치하게 느껴졌다. 그러나 어른이 되어 다시 본 마당극은 전혀 다른 느낌이었다. 과장스러운 표정과 몸짓에서는 해학이 보였고 이미 다 알고 있는 이야기라도 인물 하나하나에 집중하며 관람하니 새로운 이야기처럼 들렸다.

한옥마을의 허리를 가로지르는 태조로 끝에 있는 오목대전통정원에는 기념품 가게와 함께 한옥으로 된 작은 정원이 있다. 은행로에서 좀 멀리 떨어진 편이라 한옥마을 중심에서 인파를 피해 한숨 돌리고 싶을 때 가면 좋다.

한옥마을에 왔다면 무엇보다도 유명한 맛집을 방문해야 한다. 육전, 고로케, 초코파이 등의 맛집들은 은행로와 태조로가 교차하는 곳에 밀집되어 있다. 좁은 길에 오가는 사람과 대기 줄이 혼재해서 정신없기도 하지만 한편으로는 짧은 동선으로 음식을 빠르게 사갈 수 있어 편하기도 하다. 전주 한옥마을의 웬만한 음식점과 카페는 현대식 한옥 건물에 들어서 있다. 하지만 그중에는 가운데 마당이 있는 진짜 한옥이 숨어 있다.

전주의 전통 술인 모주를 팔지 않는 기념품 가게가 없다고 할 정도로 어디를 가든 모주를 볼 수 있다. 기념품 가게에서 파는 모주를 사서 마셔 봐도 좋지만 전주 한옥마을에서는 모주를 직접 만들어 볼 수 있다. 그러기 위해서는 모주 만들기를 체험할 수 있는 가게를 미리 찾아보고 예약을 해야 한다. 체험은 대부분 사전 예약으로 이루어지며 특별한 준비물은 필요 없다. 모주를 만드는 데 필요한 재료들을 가게에서 전부 준비 및 제공해 주기 때문이다. 사장님께서 옆에서 알려주는 강의 방식이 아니라 레시피가 적힌 종이나 영상을 보고 혼자 또는 일행과 함께 개인 테이블에서 만드는 방식이다. 전통적인 모주뿐만 아니라 분홍색 모주도 만들 수 있는 곳이 있으니 관심이 있다면 미리 찾아보고 예약하자. 모주를 다 만든 후에는 자리에서 바로 시음할 수 있으며, 남은 모주는 예쁘게 포장해서 갖고 나오면 된다.

전주의 밤은 낮보다 조용하지만 그래서인지 걷기에는 더 좋다. 전주에서는 봄과 가을에 문화재 야행 행사를 개최하는데 이 행사에서는 전주의 주요 문화재를 따라 밤길을 걸을 수 있다. 하지만 전주 한옥마을의 밤길은 공식 행사에 참가하지 않고 개인적으로 걸어도 좋다. 행사 기간 동안 한옥마을의 주요 거리에는 청사초롱이 달려 있어서 청사초롱을 따라 걸을 수 있다. 한옥마을의 중심부는 낮밤을 가리지 않고 여전히 시끌벅적하지만 전동성당길로 불리는 전주경기전의 돌담길은 밤이 되면 조용하다. 밤에 찾은 돌담길에서는 낮에는 붐벼서 가보지 못했던 카페에 가볼 수도 있고, 낮에는 미처 몰랐던 가게가 조명을 밝히자 눈에 들어오는 마법을 경험할 수도 있다.

전주 한옥마을은 차 없이 걸어만 다녀도 충분히 돌아볼 수 있어서 도보 여행객들에게 인기가 좋다. 무엇보다도 역사와 전통을 보존하고 있으면서 맛집과 체험도 빠지지 않아 매력이 넘치는 도시다. 전주를 세 번이나 방문했던 이유는 가까운 거리와 부담 없는 동선 덕분이기도 하지만 매번 갈 때마다 새로운 매력을 경험할 수 있었기 때문이다.

오늘 여행은 어느 역에서 시작할까?

하나의 커다란 유적지, 경주를 가다
(신경주역)

경주와 상주의 앞 글자를 따 경상도가 되었을 정도로 경주는 경상도의 주요 도시지만 그보다는 삼국시대부터 남북국시대까지 약 천년간 신라의 수도였던 것으로 더 유명하다. 오랜 세월 한 국가의 수도였던 만큼 유적지와 유물을 도시 곳곳에서 찾을 수 있다. 발굴 작업이 완료된 유적지와 발굴 작업이 진행 중인 유적지 뿐만 아니라 여전히 땅 아래서 발굴되길 기다리는 유적지와 유물이 있을 것으로 추정된다. 그렇다 보니 경주 어디를 파헤치든 유물이 나온다는 풍문마저 돈다.

한옥 외관의 작은 역이었던 경주역은 원래 관광지 한복판에 있어서 황리단길과 첨성대까지 걸어서 20분밖에 걸리지 않았다. 그러나 문화재 보호 차원에서 경주역이 시내와 떨어진 신경주역과 통합되면서 옛 경주역은 '경주문화관 1918'로 새롭게 문을 열었다. 경주문화관 1918은 복합문화공간으로 전시회 개최지 등으로 사용된다. 기차역으로서의 역할이 신경주역으로 옮겨가면서 관광지와의 접근성은 떨어졌지만 문화유산을 보호하는 차원에서 내린 미래지향적인 결정이라고 볼 수 있다.

신경주역은 옛 경주역과 통합된 이후에도 한동안 신경주역으로 불렸으나 2023년 12월부터 경주역으로 불리게 되었다. 통합된 경주역에는 KTX와 ITX-마음, 무궁화호가 정차해서 서울 및 다른 지역과의 접근성이 더 좋아졌다. KTX 기준으로 서울역에서 경주역까지 2시간이 조금 넘게 소요되며 편도 가격은 5만 원이 조금 안 된다.

통합된 경주역에서 내렸다면 이제 시내로 가보자. 버스를 타고 갈 수도 있지만 배차간격이 길고 탑승객도 몰리는 편이라 운이 좋아야 탑승할 수 있다. 경주를 방문했을 때 한 번은 운 좋게도 버스를 타고 갈 수 있었지만 두 번째 방문 때는 택시를 타고 시내로 갔다. 경주역에서 시내로 가는 길이 산과 산 사이에 위치한 덕분에 가을에는 시내로 이동하는 동안 붉은 단풍으로 물든 산의 경치를 감상할 수 있다.

경주의 관광지는 크게 황리단길 주변과 보문호 주변으로 나뉜다. 둘

오늘 여행은 어느 역에서 시작할까?

중 경주역에서 더 가까운 황리단길 주변부터 살펴보자. 황리단길은 경주의 대표적인 번화가로 여행객들이 특히 많이 찾는 거리다. 황리단길의 범위는 크게 보면 금성로부터 대릉원까지다. 금성로까지만 해도 한적하다가 황리단길 안으로 꺾어 들어가는 순간부터 북적이기 시작한다. 황리단길 근처에는 대형 프랜차이즈 호텔보다는 버스터미널 부근에 몰려 있는 중소형 호텔과 황리단길 곳곳에 포진해 있는 한옥 형태의 게스트하우스가 있다. 황리단길 내 위치한 게스트하우스가 황리단길과의 접근성이 가장 좋지만 버스터미널 주변 호텔도 황리단길까지 걸어갈 만하다.

황리단길을 찾는 가장 큰 이유는 우리가 알 만한 유적지가 몰려 있기 때문이다. 천마총이 있는 대릉원, 첨성대, 동궁과 월지, 국립경주박물관, 월정교 등이 모두 황리단길에서 도보로 갈 수 있다. 황리단길은 경주의 옛 분위기를 느낄 수 있는 곳으로 고층 빌딩이 없어 유독 하늘이 가깝게 느껴진다. 하지만 좁은 골목에 자동차와 보행자가 혼재하다 보니 관광객이 몰리는 주말에 걸어 다닐 때는 항상 차를 조심해야 한다.

인터넷으로 검색했을 때 나오는 대부분의 경주 맛집과 카페가 황리단길에 위치해 있다. 그렇다 보니 웬만한 곳은 대기 등록이 필요하며 한 시간은 족히 기다려야 할 때도 있다. 경주에도 전주처럼 한복 체험을 할 수 있는 곳이 많은데 개화기 의상과 조선시대 한복 모두 가능하지만 신라 천년의 왕국답게 신라시대 한복을 체험할 수도 있다. 신라시대 한복을 입고 돌아다니면 외국인 관광객들로부터 같이 사진을 찍자는 요청을 받을 지도 모른다.

한복을 입고 가장 많이 가는 곳은 대릉원이다. 황리단길과 가까워서 한복 대여 시간이 짧아도 충분히 다녀올 수 있다. 대릉원은 천마총과 미추왕릉으로 유명한데 대릉원 관람은 무료지만 천마총 안으로 들어가려면 성인 1인 기준 3,000원의 입장료를 내야 한다. 천마총은 삼국시대에 지어진 고분이며 왕릉으로 추정되나 무덤의 주인이 정확히 밝혀지지는 않았다. 대신 천마 그림이 그려진 부장품이 고분 내 발견되어 천마총이라 불린다. 경주에 있는 고분이 모두 내부를 개방하는 것은 아니기 때문에 천마총의 내부를 개방했다는 것에는 큰 의미가 있다. 천마총 안은 햇빛이 들지 않아 어둡고 선선한 공기가 감돈다. 내부에는 천마총의 부장품이 전시되어 있으며 부장품에 대한 자세한 설명도 볼 수 있다.

대릉원은 유적지면서도 공원이기도 해서 산책로가 잘 되어 있고 자연 경관이 아름답다. 대릉원을 걷다 보면 대나무 숲이 우거진 곳을 찾을 수 있으며 가을에는 단풍이 물든 모습도 볼 수 있다. 게다가 모과나무에 열매가 열리면 나무 근처만 가도 은은하게 퍼지는 모과 향기를 맡을 수 있다.

대릉원의 남쪽 끝은 첨성대로 이어진다. 첨성대는 삼국시대 신라의

오늘 여행은 어느 역에서 시작할까?

천문 관측소였다. 시대를 막론하고 수학여행의 단골 코스이며 지금도 첨성대 주변은 늘 붐빈다. '첨성대는 무료입장'이라는 표지판을 미처 의식하기도 전에 사람들이 가는 방향으로 따라가다 보면 첨성대 바로 앞까지 갈 수 있다. 밤이 되면 첨성대를 비추는 조명 말고는 주변에 아무것도 보이지 않아서 깜깜한 어둠 속에서 첨성대 홀로 빛난다. 이처럼 경주의 야경은 건물이 밝히는 도심의 불빛이 아니라 고분이나 유적지를 향한 조명으로 이루어진다.

밤에 첨성대를 찾는다면 첨성대만 보이지만 낮에는 볼거리가 훨씬 많다. 첨성대를 보러 들어가는 공원 입구에서는 비단벌레 전동차 매표소 및 탑승장을 찾을 수 있다. 경주에 비단벌레가 많이 살았다고 해서 이름 붙여진 비단벌레 전동차는 비단벌레 색을 본 따 초록색이며 열차 위에 대형 비단벌레 모형을 달고 있다. 비단벌레 전동차는 첨성대에서 시작해 남쪽을 둘러보는 열차로 중간에 정차하지 않고 달리는 순환형이다. 운행 중에는 해설이 진행되어 유익하게 경주를 구경할 수 있다. 비단벌레 전동차 티켓은 성인 1인 기준 4,000원, 어린이는 2,000원이다. 현장에서도 티켓을 구매할 수 있지만 예매가 치열한 편이라 원하는 시간대에 타려면 온라인으로 미리 예약하는 것을 추천한다.

비단벌레 열차 탑승장 동쪽에는 넓은 잔디밭이 펼쳐져 있는데 주변에 고층 건물이 없어서 바람이 잘 분다. 유독 바람이 잘 부는 가을에는 연을 날리는 사람들도 볼 수 있다. 공원 한쪽에 있는 가판대에서 연을 구입할 수 있으니 오랜만에 연을 날려보는 것도 좋다. 얼레를 감았다 풀기를 반복하며 연을 날리다 보면 시간 가는 줄 모른다.

첨성대에서 오른쪽으로 꺾어 들어가면 화려한 색의 꽃밭을 볼 수 있다. 꽃밭 끝에는 핑크 뮬리가 심어진 곳이 있는데 첨성대만큼 인기있다. 높이 솟은 핑크 뮬리 사잇길을 따라 걸을 수 있고 지정 포토존에서 인증 사진을 남길 수도 있다. 사진을 찍는 시간에 따라 사진 배경에 첨성대를 걸치거나 해 질 녘이라면 노을 지는 풍경을 배경으로 삼을 수 있다.

첨성대 안쪽 길인 첨성로나 바깥쪽 길인 원화로를 따라 걸어 내려가면 건너편에 동궁과 월지가 보인다. 과거에는 안압지로 불렸으나 '월지'라고 적힌 유물이 발견되면서 원래의 이름을 찾았다. 동궁과 월지는 통일신라시대에 지어진 별궁으로 현재는 대부분 터만 남았지만 여전히 아름다운 자연경관으로 유명하다. 성인 1인 기준으로 입장료는 3,000원이며, 야간개장으로 밤 9시까지 운영한다. 동궁과 월지는 사실 낮보다 밤에 더 많은 관람객이 몰린다. 낮에는 연못과 어우러지는 풍경을 감상할 수 있는데 이보다는 조명을 받아 화려한 색감을 뿜내는 밤에 인기가 더 많다. 굳이 야경을 보고 싶은 욕심이 없다면 비교적 한가한 낮 시간대에 관람하는 것을 추천한다.

동궁과 월지에서 길을 건너 언덕을 오르면 경주석빙고를 찾을 수 있

오늘 여행은 어느 역에서 시작할까?

다. 석빙고는 얼음을 넣는 저장소로 현재는 문이 닫혀 있어 창살 틈으로 어두운 내부만 볼 수 있다. 우연히 이 길을 따라 걷기 시작했을 때는 길을 관찰하기보다는 저 멀리 보이는 첨성대와 가까워지려고 걸음을 재촉하기 바빴다. 끝이 보이지 않는 언덕길에 지칠 때쯤 우연히 한 무리의 사람들과 마주쳤다. 다들 한 손에 지퍼백을 들고 다녔는데 알고 보니 경주 공식 유물 발굴팀이었다. 그들은 학예사를 필두로 언덕 도처에 널린 기왓장 조각을 줍고 있었다. 경주에서는 길을 가다 아무 돌이나 주워도 유물일 수 있다는 풍문은 사실이었다. 하지만 그곳은 아무 길이 아니라 경주역사유적월성지구 바로 앞이었다. 유물 발굴팀의 학예사의 설명을 듣고 땅에 뒹굴던 돌을 하나 주웠는데 놀랍게도 유물 가치가 있는 기왓장 조각이었다.

경주역사유적월성지구에서 서쪽으로 걸어오거나, 첨성로를 따라 내려오다 교촌길로 접어들면 교촌한옥마을이 나온다. 경주향교를 중심으로 조성된 교촌한옥마을은 한옥을 그대로 보존하고 있어 돌담길이 아름다우며 음식점을 비롯해 작은 가게들이 아기자기하게 몰려 있다. 교촌한옥마을 아래로는 물길이 흐르는데 그 위로 월정교가 지나간다. 월정교는 통일신라시대에 건설된 다리로 복원 사업을 거쳐 대중에게 공개되었다. 월정교를 비추는 조명이 아름다워 동궁과 월지와 함께 야경으로 유명하다. 월정교의 야경이 가장 잘 보이는 곳은 사실 월정교가 아니라 월정교에서 조금 떨어진 징검다리다. 하지만 밤에는 어두워서 아래가 잘 보이지 않고 생각보다 물살이 세기 때문에 조심해서 건너야 한다.

경주의 또 다른 관광지구는 보문호를 중심으로 조성되어 있다. 황리단길이 아기자기하고 소소한 분위기라면 보문호 주변은 대형 프랜차이즈 호텔과 관광단지가 들어서 있어 훨씬 더 다듬어진 분위기를 풍긴다. 보문호 주변 호텔에서 지낼 계획이라면 호수가 내려다보이는 방향의 방을 예약할 수 있다. 보문호가 워낙 커서 두발로 전체를 다 둘러보는 것은 힘에 부칠 수 있으니 충분히 생각하고 도전해 보자.

보문호 건너편에는 경주엑스포대공원이 있는데 1998년에 박람회를 개최한 이후 20년 동안 박람회 개최지로 사용되다가 테마파크로 재개장했다. 입장료는 성인 1인 기준 12,000원으로, 입구에서 구매한 입장료 한 장으로 공원 관람과 경주타워 입장이 가능하다. 경주타워는 황룡사9층목탑의 실물크기를 형상화한 것으로 경주엑스포대공원의 랜드마크와도 같은 건물이다.

경주타워에 도착했다면 바로 전망대로 올라가 보자. 전망대에는 전망대를 빙 둘러 경주를 소개하는 영상이 재생되는데 영상보다도 영상이 끝난 후를 더 주목해야 한다. 영상이 끝나면 스크린이 위로 올라가면서 통유리창이 등장한다. 유리창 밖으로는 보문호까지의 엑스포 주변 경치가 한눈에 펼쳐진다. 가을이면 자연 경관과 어우러져 더욱 아름다운 풍경을 만들어 낸다.

오늘 여행은 어느 역에서 시작할까?

경주엑스포대공원 안쪽으로 들어가면 경주솔거미술관과 자연사박물관이 보인다. 솔거미술관의 솔거는 신라 화가의 이름에서 따온 것이다. 화가 솔거는 황룡사 벽에 그려진 그림 '노송도'로 유명하다. 그림 속 나무가 너무 진짜 같아 새들이 날아들었다는 이야기가 전해진다.

경주솔거미술관과 자연사박물관 모두 입구에서 구매한 입장권으로 관람할 수 있다. 자연사박물관 앞에는 다양한 동물의 조각상이 설치되어 있다. 내부는 시대별로 전시가 되어있으며 제일 마지막 전시실이 공룡에 관한 전시다. 마지막 전시실에는 정글 속 계곡을 따라 공룡을 만나는 영상관이 있다. 2D 영상을 관람하는 것으로 3D 체험은 아니지만 몰입해서 보다 보면 3D 체험처럼 실감난다.

경주를 여러 번 갔지만 주로 황리단길에서만 시간을 보냈다. 그러다 한 번은 계획했던 일정을 마치고도 시간이 남아 즉흥적으로 행선지를 추가했다. 불국사를 가려고 했으나 버스 시간이 맞지 않아 고민하던 중 보문호로 가는 버스가 정류장으로 들어왔다. 그때 만약 불국사로 가는 버스가 들어왔다면 보문호에 가는 일은 없었을 것이다. 그만큼 경주에서는 버스 시간을 맞추기가 쉽지 않다. 그러나 즉흥적으로 행선지를 바꾸는 것 또한 여행의 묘미 아니겠는가. 걸어서든 버스를 타든 곳곳에 볼거리가 있다는 것이 경주의 매력이다.

VI.

지역,
산을 넘어 바다 보러 가기

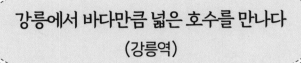

강릉에서 바다만큼 넓은 호수를 만나다
(강릉역)

2018년 평창 동계 올림픽으로 강경선에 KTX가 개통하면서 강릉으로의 접근성이 높아졌다. 올림픽은 끝났지만 그 이후로도 기차를 타고 강릉으로 여행을 떠나는 사람이 많아졌다. KTX-이음으로 2시간 만에 갈 수 있으며, 편도 가격은 3만 원이 안 된다. 단, 강릉역에서 우리가 흔히 떠올리는 관광지인 해변이나 카페거리로 가려면 도보로는 갈 수 없고 차를 타야 한다.

강릉에는 지하철이 없어서 대중교통은 버스가 유일하다. 이제까지 대중교통이 버스뿐인 지역을 여행했던 경험에 비추어 보건대 무작정 버스를 기다리는 것은 다소 무모하다. 그렇다 보니 캐리어까지 끌고 강릉으로 여행을 갔던 날은 고민하지 않고 택시를 잡았다. 그날은 강릉에 벚꽃이 절정이던 주말이었다. 택시 기사님께서는 전날에도 강릉에 놀러 온 사람이 많았다며 차도 많이 막힌다고 말씀하셨다. 아마 앞으로 펼쳐질 일에 대한 사전 경고였을 테지만 크게 개의치 않았다. 차가 막힌다면 택시 안에서 강릉을 구경하는 것도 나쁘지 않을 거라고 생각했다.

그러다 경포호 옆 길로 꺾어 들어선 순간 나도 모르게 숨을 들이마시며 얕은 탄성을 내질렀다. 강릉 경포호의 벚꽃길이 예쁘다는 소문을 듣고 찾아 것이기는 했지만 이 정도로 흐드러지게 폈을 줄은 몰랐다. 길 끝까지 펼쳐진 벚꽃길에 감탄하고 있는데 택시 기사님은 나의 탄성을 다른 뜻으로 해석하셨다. 벚꽃나무만큼 촘촘하게 정체된 차도에 놀란 것으로 오해하신 것이 아닌가. 나는 오해를 풀어드리기 위해 벚꽃이 너무 예쁘다고 감탄하며 창문을 내렸다. 그제야 기사님께서도 긴장을 푸시고는 차가 정차되어 있는 동안 휴대전화를 꺼내시더니 조용히 벚꽃길 사진을 찍으셨다.

경포호의 벚꽃은 공원 안팎으로 이어진다. 벚꽃이 절정인 시기에 호수 산책로를 따라 조성된 벚꽃길에서 독사진을 찍는 것은 절대 불가능할 정도로 사람이 많다. 벚꽃이 절정일 때 벚나무나 벚꽃길을 배경으로 사진을 찍으려면 똑같은 목적을 가진 사람들이 배경에 등장하는 것 정도는 감수해야 한다. 특히 해변과 가까운 쪽일수록 사람이 많기 때문에 여유롭게 둘러보고 싶다면 산책로를 따라 걸어 들어가자.

경포호가 워낙 넓어서 호수 둘레를 따라 조성된 산책로를 걸어서 한 바퀴를 도는 것은 무리일 수 있다. 그래도 이왕 온 김에 완주해야겠다면 경포호 주변에서 자전거를 대여해서 둘러보는 방법도 있다. 1인부터 6인까지 한 번에 탈 수 있는 자전거가 종류별로 있으며 2인용의 경우 나란히 앉을 수 있는 구조로도 있다. 2인 이상부터는 자전거 위에 차양을 달아서 햇빛을 가려준다. 자전거를 탈 줄 몰라도 페달만 밟을 줄 안다면 마차 형태의 자전거는 충분히 탈 수 있다. 직접 페달을 굴려야 하지만 생각보다 힘을 들이지 않아도 속도가 나서 시원한 바람을 맞으며 짧은 시간 안에 경포호를 둘러볼 수 있다.

경포호의 허리 부분에서 남쪽으로 내려오면 물길을 사이에 두고 미디어 전시관과 허균·허난설헌 기념공원이 있다. 허균은 '홍길동전'을 쓴 작가로 조선시대 관리를 지냈다. 허난설헌은 허균의 누나이며 본명은 허초희고 난설헌은 호다. 본명보다는 호로 더 잘 알려져 있는데 화가이자 시인으로 활동했다. 강원도 강릉의 양반 가문 출신인 두 인물의 생가터를 중심으로 기념관이 생기고 공원이 조성되었다. 기념관과 공원은 무료로 둘러볼 수 있으며 자연과 한옥이 어우러져 고즈넉한 분위기를 풍긴다. 공원 곳곳에 의자가 비치되어 있어 날씨를 즐기기에도 좋다.

허균·허난설헌 기념공원에서 건너편으로 연결되는 다리를 건너면 미디어 전시관과 아쿠아리움이 있다. 양쪽 모두 물길을 따라 난 가로수길이 예뻐서 꼭 전시관과 아쿠아리움을 가지 않더라도 걸어볼 만하다. 기념공원 앞 난설헌로를 따라 걸으면 음식점과 카페가 듬성듬성 보인다. 차도는 넓은데 비해 보행로는 좁은 데다 그늘이 없어 햇빛이 심한 날에는 걷기에 조금 불편할 수 있다. 난설헌로에서 물길을 바라보는 방향으로 지어진 카페는 강릉에 뿌리를 둔 유명한 커피 브랜드가 운영하는 곳이다. 날씨가 좋은 날에는 물길 쪽 창을 열어둬서 카페에 앉아 풍경을 감상할 수 있다. 그 모습이 너무나도 평화롭고 한가로워서 풍류를 즐긴다는 것이 이런 것이라는 것을 깨닫는다.

난설헌로를 따라 바다 방향으로 걸어 올라오면 오른쪽으로 초당동이 있다. 초당동은 순두부로 유명하며 순두부 가게가 몰려 있어 초당 순두부마을이라고도 불린다. 일반적인 순두부도 팔지만 짬뽕 순두부, 순두부 젤라또 등의 새로운 순두부 요리도 먹어볼 수 있다. 순두부마을에는 밤까지 장사를 하는 가게가 많지 않으니 필히 운영시간을 찾아보고 가는 것이 좋다.

강릉은 동해바다를 따라 길게 해변이 조성되어 있다. 여름에는 물놀이를 즐길 수 있고 봄과 가을에는 해변 산책로를 따라서 바다를 구경할 수 있다. 밤이 되면 해변 여기저기에서 폭죽 터지는 소리가 들리는데 폭죽은 해변 근처 매점에서 구입할 수 있다. 해 뜨기 전 새벽의 강릉 해변에서는 일출을 기다리는 사람들을 볼 수 있다.

벚꽃을 보러 강릉을 찾았던 날, '동해바다에 왔으니 일출이나 보러 갈까?'라고 막연하게 생각했다. 잠들기 직전에서야 계획이 구체화되었고 일출 시간을 미리 확인한 뒤 알람을 맞춰 두었다. 평소라면 절대 일어나지 않을 시각이지만 일출이 코앞에 있다는 힘으로 몸을 일으켰다. 굳이 차려입을 필요 없이 일어나자마자 세수만 하고 청재킷을 걸친 다음 바로 해변으로 나갔다. 다행히도 호텔이 해변 바로 앞이라서 몇 걸음 만에 도착할 수 있었다. 새해도 아닌데 일출을 보러 나온 사람이 얼마나 있을까 싶었는데 누가 봐도 일출을 기다리고 있는 사람이 꽤 많이 보였다. 일출 시간에 가까워질수록 해변에는 점점 사람이 많아졌다. 일부는 모래사장에 삼각대를 설치하여 카메라를 고정해 놓기도 했다. 다행히도 하늘이 흐리지 않아서 해가 뜨는 모습이 구름에 가려질 일은 없었다. 혹시라도 놓칠 새라 해가 떠오른다는 방향을 뚫어지게 바라보며 기다렸다. 마침내 곳곳에서 '어!'라는 탄성이 들리면서 해 머리가 보였다. 일출은 실제보다 카메라 렌즈에서 더 붉게 타올랐다. 해 머리가 보이기 시작한 지 얼마 되지 않은 것 같은데 어느새 해가 완전히 올라와 온전한 모습을 보였다. 그다음부터는 무서운 속도로 주변이 밝아지면서 아침이 찾아왔다.

봄이 한창인 4월 초 강릉의 날씨는 종잡을 수 없다. 어제만 해도 반팔을 입고 경포호를 돌며 벚꽃을 구경했는데 오늘은 긴팔을 두 겹이나 껴입었는데도 바닷바람에 몸이 오들오들 떨린다. 강원도가 서울보다 춥다는 얘기를 듣고 반팔을 겨우 한 장만 챙겨 온 것을 후회했는데

오늘 여행은 어느 역에서 시작할까?

바닷바람을 맞고 나면 장갑이나 목도리를 챙겨왔어야 했나 고민한다. 봄이나 가을에 강릉 여행을 계획 중이라면 반팔부터 도톰한 외투까지 두루 챙겨가는 것이 좋다.

바닷바람에 손이 시리다면 따뜻한 커피 한 잔으로 몸을 데우기 위해 안목해변을 따라 조성된 강릉카페거리로 가보자. 강릉카페거리는 2000년대 초반에 바리스타들이 강릉에 카페를 열면서 시작되었다. 서울에서도 유명한 국산 카페 브랜드 역시 강릉에서 출발한 것으로 유명한데 이 덕분에 강릉 커피가 유명해졌다. 안목해변의 강릉카페거리 뿐만 아니라 해변가를 포함해 강릉 곳곳에서 커피 관련 제품을 찾을 수 있다. 평범한 커피는 물론이고 커피로 만든 빵과 아이스크림까지 개발되어 강릉에서 커피는 하나의 문화가 되었다.

이번 편에서 소개한 모든 곳들을 전부 걸어서 가보기는 했지만 사실 강릉은 도보 여행객에게 알맞은 여행지라고 하기에는 무리가 있다. 경포호, 오죽헌, 카페거리 등 강릉의 주요 관광지끼리도 거리가 꽤 있기 때문에 도보로 다니기보다는 차로 다니는 것이 더 적합하다. 해변에서 멀어질수록 보행로는 좁고 밤이면 길이 어두워서 늦게까지 돌아다니는 것을 권하지 않는다. 그렇다 보니 강릉을 여행하며 도보 여행객을 많이 보지는 못했다. 하지만 서울에서 동해바다를 보러 갈 수 있는 가장 가까운 곳이라는 점을 고려한다면 강릉을 다 둘러보려는 욕심을 부리지 않는 한 도보로도 충분히 여유로운 여행을 즐길 수 있다.

나는 지금 여수 밤바다를 걷는다
(여수엑스포역)

여수에 위치한 여수엑스포역은 서울역과 용산역에서 출발 시 전라선의 종점이다. 서울에서 3시간 정도 소요되며, 기차 편도 가격은 KTX 기준으로 5만 원이 조금 안 된다. 여수엑스포역에는 KTX, ITX, 무궁화호 외에도 다양한 기차가 정차하는데 이는 기차역 이름과도 관련 있다. 여수엑스포역은 2012년에 개최된 여수 세계박람회를 앞두고 현재 부지로 옮겨졌다. 구 역사 부지에 세계박람회를 위한 컨벤션 센터 등을 건설했고 지금도 남아 있다. 컨벤션 센터 단지로 조성된 구 역사 부지와 여수엑스포역은 가까이 위치하고 있는데 심지어 서로 마주 보고 있는 모습이다.

여수에서 숙박할 곳을 찾는다면 두 가지 유형의 호텔을 후보에 둘 수 있다. 하나는 여수엑스포역을 기점으로 시작되는 해안가에 위치한 대형 호텔이고 다른 하나는 그 외 호텔이다. 여수엑스포역에서 시작해 컨벤션 센터 단지를 거쳐 오동도 방파제 입구에 닿는 테두리에는 바다를 바라보는 방향으로 상당수의 호텔이 들어서 있다. 바닷가 호텔은 세련된 외관의 고층 빌딩이며 역에서도 가깝고 방 위치에 따라 방에서도 바다가 보인다. 하지만 그만큼 가격이 비싸다. 해안가에 위치한 대형 호텔 중 한 곳은 밤이 되면 불꽃놀이를 개최하는데 멀리서도 보일 정도로 높고 크게 불꽃을 쏘아 올리기 때문에 해안가에 있는 다른 호텔에서도 보일 정도다.

반면에 역 주변이나 시내 곳곳에 위치한 중소형 호텔은 앞선 대형 호텔보다는 가격이 저렴하며 역이나 주요 관광지와도 가깝다. 하지만 방에서도 바다를 볼 수 있는 곳이 많지는 않다.

여수엑스포역에서 나오면 바로 옆에 스카이타워 전망대가 있다. 원래는 시멘트 회사의 저장고였으나 현재는 전망대로 재탄생했다. 입구에서 성인 1인 기준으로 2,000원의 입장료를 내고 들어가면 1층에서는 저장고의 현재 역할과 역사에 대한 전시를 볼 수 있다. 전망대는 엘리베이터를 타고 제일 위층으로 올라가야 한다. 스카이타워의 전망대는 통 유리창으로 둘러싸여 있으며 내부에는 카페가 입점해 있다. 실내에서 커피를 마시며 유리창 바깥 풍경을 감상할 수도 있지만 통 유리창 밖의 야외 전망대를 통해 경치에 좀 더 가까이 다가갈 수도 있다. 전망대에 서면 여수엑스포 부지는 물론이고 여수의 랜드마크라 할 수 있는 커다란 원형 조형물이 한눈에 담긴다. 반대 방향에서는 여수의 산과 바다가 어우러진 자연의 모습을 감상할 수 있다. 스카이타워는 여수엑스포역과 가깝기 때문에 여수에 도착하자마자 갈 수도 있지만 여수를 떠나는 기차를 타기 전 시간을 내어 가 봐도 좋다.

기차역에서 호텔로 이어지는 부지에는 다양한 관광시설이 들어서 있다. 앞서 말했다시피 세계박람회에 사용되었던 건물은 컨벤션 센터로 활용 중이며 지금도 다양한 박람회를 개최한다. 또한, 컨벤션 센터 부지에는 2012 여수 세계박람회에 대한 전시관도 있다. 무엇보다도 이곳의 하이라이트는 부지를 가로지르는 통로의 천장이다. 천장을 스크린으로 활용하여 송출하는 디지털 영상은 컨벤션 센터 부지를 한순간 새로운 세상으로 만든다.

컨벤션 센터 부지에서 바다 방향으로 길을 건너면 바다 위에 떠 있는 커다란 원형 조형물을 볼 수 있다. 워낙 커서 스카이타워 전망대에서도 보였던 조형물이다. 원형 조형물은 조명과 분수를 활용한 공연으로 유명하다. 공연은 봄부터 늦가을까지 열리며 빛을 이용한 공연이므로 저녁에만 진행된다. 공연 관람을 위해서는 입장권을 구입해야 하며, 입장권 가격은 성인 1인 기준으로 24,000원, 어린이는 18,000원이다. 단, 좌석 등급에 따라 4,000원 정도 차이가 날 수 있다. 티켓은 사

오늘 여행은 어느 역에서 시작할까?

전 예매와 현장 예매 모두 가능하다.

여수의 시티투어버스는 코스와 운행 방식 모두 다양하다. 종일 코스로 운영되는 노선과 승하차가 자유로운 순환형 노선으로 나뉘는데, 종일 코스에는 6개의 노선이, 순환형에는 2개의 노선이 운영 중이다. 순환형 노선에 대해 자세히 살펴보면 순환형의 경우 주간과 야간으로 나뉘어 운영된다. 야간 코스는 사전 예매도 가능하지만 주간 코스는 버스 탑승 시 결제하면 된다. 티켓 1회 구매로 최대 6번 승차가 가능하며 티켓 가격도 5,000원으로 저렴한 편이다. 여수의 주요 관광지가 서로 가깝기는 하지만 시내에서 멀리 떨어진 관광지도 제법 있다. 여수를 두루 둘러보고 싶다면 시티투어버스를 적극 활용하는 것이 좋다. 이번 편에서는 도보로 갈 수 있는 곳뿐만 아니라 거리는 조금 멀지만 시티투어버스로 갈 수 있는 곳들도 함께 소개하겠다.

호텔이 이어지는 해안가의 남쪽 끝에는 오동도로 들어가는 입구가 있다. 오동도는 섬의 모양이 오동잎을 닮았으며 오동나무가 많이 심어져 있었다고 하여 붙은 이름이다. 입구 매표소에서 표를 구입하고 들어가면 오동도로 이어지는 방파제가 나온다. 방파제 끝까지 걸어가야 오동도에 도착한다. 분명 오동나무가 많아서 오동도라 했는데 막상 가보면 동백나무가 훨씬 더 많다. 심지어 오동도를 달리는 열차 이름도 동백열차다. 동백열차를 타고 싶다면 방파제를 건너오기 전 오동도 입구에서 탑승해야 한다. 탑승권이 1인당 1,000원으로 저렴한 편이라 오동도까지 편하게 이동하고 싶다면 열차를 이용할 만하다. 하지만 방파제에서 보는 해 질 녘 풍경이 아름답기로 유명하니 직접 걸으며 노을을 구경하는 것도 좋다.

오동도에는 햇빛이 들어오지 않을 정도로 우거진 숲이 있어서 여름이면 잠시 햇빛을 피할 수 있는 그늘이 되어준다. 숲 끝에 있는 바위 절벽에 올라서면 눈앞에 넓은 바다가 펼쳐진다. 오동도에는 음악 분수와 함께 휴게공간도 조성되어 있어서 편하게 앉아 바다를 즐길 수 있다.

이제 순환형 주간 시티투어버스를 타고 바다를 따라 달려 하멜전시관으로 가자. 하멜전시관은 하멜표류기로 유명한 헨드릭 하멜을 기념하는 전시관이다. 네덜란드 선원이었던 하멜이 향하던 곳은 원래 일본이었다. 그러나 항해 중 태풍을 만나면서 의도치 않게 제주도에 도착했다. 이후 하멜은 14년 동안 조선에 머무르게 되는데 대부분의 시간을 전라도에 유배되어 보냈다. 고국으로 돌아가고 싶었던 하멜은 유배 생활 중 일본으로 탈출한 뒤 네덜란드로 돌아갔다. 그가 고국으로 돌아간 후에 쓴 책이 바로 하멜표류기다.

17세기에 조선에 머물렀던 하멜은 21세기에 이르러 유배지 중 한 곳이었던 여수의 전시관을 통해 기억되고 있다. 전시관 뒤 방파제에는 붉은색의 하멜 등대가 있는데 밤에는 다양한 조명이 번갈아 들어와 포토존이 된다.

오늘 여행은 어느 역에서 시작할까?

하멜전시관은 밤이 되면 여수에서 가장 활기가 넘치는 낭만포차거리에 위치해 있다. 낭만포차거리는 여수해양공원을 거쳐 종포해양공원으로 이어져 길고 긴 번화가가 된다. 하지만 이 거리가 24시간 내내 번화가인 것은 아니다. 낮밤의 격차가 커서 낮에는 조용하고 평범한 바닷가이며 드문드문 낚시하는 사람들이 보이는 정도다. 바다를 자주 보고 살지 못하는 내륙 사람에게는 짠 내가 섞인 바다 내음이 강렬하게 느껴진다.

그러나 밤이 되면 완전히 다른 공간이 된다. 낮의 모습을 떠올리며 간다면 못 찾을지도 모른다. 낭만포차거리부터 종포해양공원까지 길게 포차가 늘어서 있으며 여수를 찾은 여행객이 전부 여기로 모였다고 할 정도로 붐빈다. 거리를 가득 메운 포차에서는 여수에 오면 꼭 먹어 봐야 한다는 해산물 삼합을 판매하고 있다. 해산물 삼합이란 고기, 해산물, 김치를 볶아 먹는 음식으로, 고기는 주로 삼겹살이 쓰이며 여수에서 유명한 갓김치가 들어가기도 한다. 해산물에 돌문어가 들어가면 돌문어 삼합이라 불리는데 문어 없이 새우 등의 해산물만 들어가는 경우도 있다. 해가 진 후 낭만포차거리부터 종포해양공원까지 걸어가 보면 여행객의 80~90프로 이상이 삼합을 먹는 모습을 볼 수 있다. 낮에는 바다 냄새로 가득하던 거리가 밤이 되자 음식 냄새로 뒤덮인다.

낭만포차거리부터 종포해양공원까지의 거리가 이렇게 유명해진 데는 노래 한 곡이 결정적인 영향을 미쳤다. 여수 여행을 앞두고, 여수로 가는 길에, 여수에 밤이 찾아왔을 때 적어도 한 번은 듣게 된다는 이 노래는 종포해양공원에서 탄생한 것으로 알려져 있다. 노래의 흔적은 여수항 해양공원 표지판에 노래 가사 일부가 적혀 있는 것으로 남아 있다.

이번에는 종포해양공원보다도 여수의 밤을 더 잘 느낄 수 있는 곳으로 가보자. 여수 야경은 바닷가를 따라 걸으면서도 감상할 수 있지만 여수해상케이블카를 타고서도 감상할 수 있다. 여수해상케이블카에는 바닥이 투명한 것과 투명하지 않은 것, 이렇게 두 종류가 있다. 두 캐빈의 가격이 다른데 일반 캐빈은 왕복 17,000원이고, 투명 캐빈은 왕복 24,000원이다.

케이블카는 자산탑승장과 돌산탑승장에서 탈 수 있다. 자산탑승장은 오동도 바로 옆이며 호텔 부지와 낭만포차거리와도 가깝다. 돌산탑승장은 거북선대교와 돌산대교로 이어지는 섬에 위치해 있다. 케이블카를 타고 아래를 내려다보면 여수의 야경이 사진처럼 펼쳐져 감탄이 흘러나온다. 앞서 걸었던 종포해양공원과 낭만포차거리뿐만 아니라 거북선대교와 돌산대교의 야경까지 볼 수 있다. 두 대교 사이를 흐르는 바다가 마치 거대한 호수처럼 보인다.

자산탑승장에서 케이블카를 탔다면 돌산탑승장에서 잠시 하차 후 돌아가는 케이블카를 탈 수 있다. 돌산탑승장의 전망대에서 돌산대교를 바라보면 자산탑승장에서 봤던 풍경과는 다른 풍경이 펼쳐진다. 낭만적인 야경을 보고 있으니 머릿속에 여수의 밤을 거니는 노래가 재생된다.

종포해양공원의 열기와 케이블카의 야경으로 뜨겁게 달아올랐던 밤이 지났다. 차분한 하루의 시작을 위해 진남관으로 향해 보자. 진남관은 조선시대에 전라좌수영으로 사용되던 건물이다. 전라좌수영이란 전라도 동쪽의 수군 병영 기지라는 뜻으로, 임진왜란 당시 이순신 장군이 이곳에 있던 진해루라는 누각을 기지로 사용했다. 진해루는 임진왜란을 겪으며 불타 없어졌지만 이후 그 위에 진남관을 세워 지금에 이르렀다.

진남관에서 이순신광장으로 내려오다 보면 이순신 장군이 거북선 위에 올라서 있는 모습의 동상을 볼 수 있다. 이순신광장은 낮에는 순환형 주간 코스 시티투어버스를 타고 갈 수 있고, 저녁에는 종포해양공원에서 서쪽으로 걷다 보면 만날 수 있다. 굳이 설명이 필요할까 싶지만 이순신 장군에 대해 간략히 설명해 보겠다. 이순신 장군은 조선 중기에 임진왜란과 정유재란에서 활약했던 인물이다. 학익진을 펼쳐 한산도대첩에서 승리를 거두고 거북선을 발전시켜 성공적으로 운영했던 것 말고도 수많은 업적을 남겼다. 이순신 장군의 흔적은 서울에서도 찾을 수 있는데 충무로의 '충무'가 충무공 이순신에서 유래한 것이며, 광화문 광장에 서 있는 바로 그 장군이기도 하다.

이순신광장에는 임진왜란 해전도와 거북선에 대한 패널이 전시되어 있다. 독특하게도 여름이면 패널 사이에 커다란 얼음덩어리를 세워두어 한낮의 뜨거운 열기를 식힌다. 광장 한쪽 끝에는 용 모양의 전망 스탠드가 있는데 이순신광장과 길 건너 거북선을 잇는 육교이기도 하다. 바다 근처에 위치한 거북선은 실제 크기에 가깝게 복원되었으며 내부 관람도 가능하다. 거북선이 대단하다는 것은 익히 들어 알고 있지만 어떤 부분이 대단한 것일까?

해전에서 거북선의 역할은 돌격함이었다. 적진으로 빠르게 침투하여 진영을 흩뜨려놓는 역할을 하는 것이다. 적진에 가까이 접근해야 하다 보니 적군에게 포위될 수도 있는데 거북선은 사면에서 함포를 발사할 수 있으므로 포위에서 벗어날 수 있었다. 거북선이 임진왜란에서 특히 활약할 수 있었던 이유 중 하나는 일본 수군의 전투 전략을 방어하는 데 효과적이었기 때문이다. 일본 수군은 적군의 배에 올라타 싸우는 백병전을 주로 펼쳤는데 뾰족한 쇠붙이로 무장한 거북선을 뚫고 올라탈 수는 없었다.

이순신광장을 찾는 또 다른 이유는 광장 주변에 간단하게 먹을 수 있는 간식을 파는 가게가 많기 때문이다. 유명한 가게는 줄을 서서 기다려야 할 정도로 인기가 많으니 미리 마음의 준비를 하고 가도록 하자.

이번에는 시티투어버스를 타고 중심지에서 멀리 떨어진 곳으로 가

오늘 여행은 어느 역에서 시작할까?

보자. 향일암은 삼국시대 신라에서 지은 절로 성인 1인 기준 2,500원의 입장료를 내고 방문할 수 있다. 문제는 절이 산 정상에 위치해 있어 올라가는 길이 만만하지 않다는 것이다. 올라가는 방법에는 계단과 평길이 있는데 평길이라고 해도 절대 완만하지 않다. 단순히 계단이 아닐 뿐, 발목은 늘어날 대로 늘어나고 발등은 접힐 대로 접힌다. 평길 양쪽에는 가게가 들어서 있는데 산의 급격한 경사에도 버틸 수 있게 건물 하단의 경사각을 채워 수평을 만들었다.

향일암으로 들어가는 길에는 사람 한 명만 오갈 수 있을 정도의 좁은 바위 터널이 있다. 조심해서 터널을 지나면 바다를 내려다보는 향일암의 전경이 펼쳐진다. 향일암은 정면으로 바다가 넓게 트여 있어 일출 명소로도 알려져 있다. 여수에 오면 해변이나 바닷가를 많이 가게 되는데 이처럼 탁 트인 바다를 볼 수 있는 곳이 많지 않다. 전라도와 남해가 워낙 섬이 많고 바다 위를 대교가 가로지르고 있어서 웬만한 곳에서는 향일암과 같은 풍경이 펼쳐지지 않는다. 향일암에서 소원을 빌면 이루어질 확률이 높다고 하니 간절한 소원이 있다면 소원초도 하나씩 켜보자.

여수는 바다를 끼고 있어 여름 관광지로 알려져 있지만 사실 여름에는 너무 더워서 돌아다니기가 쉽지 않다. 물놀이를 할 계획이 아니라면 봄이나 가을에 방문해서 여유롭게 도시를 둘러보는 것도 좋다. 여수의 밤은 사계절 내내 아름답게 빛나니까.

부산을 또 가야 하는 이유
(부산역 ~ 초량역 ~ 남포역 ~ 대연역 ~ 광안역 ~ 해운대역 ~ 센텀역)

부산에 특별한 연고는 없지만 혼자서, 때로는 친구와 함께, 심지어는 면접을 보러 여러 번 갔다. KTX 기준으로 서울역에서 출발하여 부산역까지 3시간보다 조금 덜 걸리며 편도 티켓값은 6만 원이 조금 안 된다. 앞서 소개한 지역의 다른 도시들과 비교했을 때 기차 요금이 가장 비싸다. 거리로 따졌을 때는 서울과 멀지만 버스 전용 중앙차선이 있고 지하철도 6개 노선이 있을 정도로 대중교통이 잘 발달되어 있는 것은 서울과 매우 비슷하다.

부산역에서 내려 밖으로 나오면 여수 종포해양공원에서 맡았던 것과 같은 짠 바다 냄새가 난다. 부산역은 바로 뒤에 부산항을 둘 정도로 바다와 가깝다. 부산항 뒤로는 부산항대교가 보이는데 밤이 되면 주변 선박들과 함께 생활 야경을 조성한다.

부산 관광지는 부산역과 광안리해수욕장, 그리고 해운대해수욕장을 중심으로 나눌 수 있다. 그렇다 보니 그 주변으로 다양한 숙박시설이 들어서 있다. 부산의 많은 숙박시설이 바다 전망의 방을 갖추고 있지만 전망도 숙박비에 포함된다. 만약 숙박비 예산이 넉넉지 않다면 같은 호텔이더라도 도시 전망의 방이나 바다 근처가 아닌 숙박시설을 예약하는 것이 좋다.

부산역에서 가까운 곳부터 살펴보도록 하자. 부산 지하철 1호선 초량역 3번 출구 건너편에는 항일 거리가 조성되어 있다. 부산은 역사적으로 일본과 관련이 깊다. 임진왜란 때 일본이 조선을 침략하여 가장 먼저 함락시킨 곳이 부산진성이다. 거리 한중간에 우뚝 솟아있는 동상은 정발장군으로 임진왜란 때 부산진에서 왜군에 맞서 싸우다 전사한 인물이다.

그 옆으로는 강제징용노동자상이 보이는데, 또 다른 강제징용노동자상이 용산역 앞에도 있다. 일제강점기에 부산역은 강제 징용 노동자들을 끌고 가던 곳이었다. 부산은 역사적으로 일본의 침략에 대항했거나 착취당했던 인물 동상을 세움으로써 항일 거리를 조성했다.

초량역에서 남쪽으로 걸어 가거나 부산 지하철 1호선 부산역에서 내려 7번 출구로 나오면 바로 앞에 텍사스 거리 입구가 보인다. 입구에는 크게 'TEXAS STREET'이라 적힌 아치형 문이 세워져 있다. 텍사스 거리에는 만국기가 걸려 있고 건물 외관 한 쪽에는 미국 서부 시대의 옷을 입은 남녀가 양각으로 조각되어 있다. 이곳은 6·25전쟁 때 부산에 주둔했던 미군이 주로 이용하던 거리였다. 지금은 거리 입구의 아치문과 건물 벽면의 조각을 제외하면 텍사스 거리의 흔적을 찾기는 어렵다.

7번 출구와 한 블록 차이로 떨어진 5번 출구 앞에서는 또 다른 거리가 시작된다. 19세기 말 청나라 영사관이 위치하여 청 조계지였던 곳으로 지금은 차이나타운으로 불린다. 텍사스 거리에 만국기가 걸려 있다면 차이나타운에는 홍등이 걸려 있다. 어느 차이나타운에서나 볼 수 있듯 삼국지 등장인물이 그려진 벽화도 찾을 수 있다. 5번 출구 앞 아치문에서 한 블록 지나 왼쪽으로 깊이 들어가면 초량 근대역사 갤러리가 보인다. 초량동의 역사를 전시하고 있는 작은 공간이며 휴식을 취할 수 있는 의자도 마련되어 있다. 부산의 차이나타운은 유명한 중국 음식점이 위치한 곳이라 일부러 찾아가는 곳이기도 해서 텍사스 거리에 비해 활기를 띤다.

차이나타운에서 초량중로34번길을 따라 올라가 북쪽의 초등학교 방향으로 걸어가면 학교 옆에 초량상로51번길이 보인다. 초등학교와 길 사이에 있는 담에는 이바구길에 대한 설명과 부산의 근현대사가

오늘 여행은 어느 역에서 시작할까?

요약되어 있는 안내판이 이어진다. 길 끝에 있는 계단을 오른 뒤 영초길191번길을 걸어 올라가면 정중앙에 168계단이 높이 뻗어있고 오른쪽에 모노레일 승강장이 있다. 모노레일은 무료로 이용할 수 있으며 모노레일을 타고 제일 끝 승강장에서 내리면 전망대가 보인다. 전망대에서는 부산역과 그 너머 부산항대교까지 멀리 볼 수 있다. 앞으로 보게 될 부산타워에서 보는 것과는 다른 풍경이다. 부산타워가 정형화된 전망을 보여준다면 이바구길 전망대에서 보는 풍경에서는 좀 더 사람 사는 냄새가 난다.

이제 다시 지하철 부산역으로 내려와 1호선을 타고 남포역에서 내리자. 남포역 6번 출구로 나와 바다 방향으로 걷다 보면 영도대교가 나온다. 영도대교를 건너지 말고 오른쪽으로 고개를 돌리면 아래로 향하는 계단이 보인다. 계단을 따라 내려가면 영도대교 도개 관람 포인트에 도착한다. 영도대교는 다리 한가운데가 양쪽으로 나뉘어 올라가는 도개 다리로 유명하다. 도개는 일주일에 한 번, 매주 토요일 오후 2시에만 진행되는데 도개 시간에 가까워질수록 관람 포인트에 사람이 많아진다. 관람 포인트에는 피난민 동상이 있는데, 6·25전쟁 때 부산으로 피난 온 피난민들이 몰려든 곳이 바로 영도대교이기 때문이다. 2시 정각이 되면 다리 중반부가 갈라지면서 서서히 위로 벌어진다. 다리가 전부 올라가면 잠시 동안 정중앙이 휑하니 뚫려있는 모습을 볼 수 있다.

다시 남포역으로 돌아와서 이번에는 7번 출구로 나와 보자. 광복로를 따라 동쪽으로 걸어가면 남포동 번화가가 펼쳐진다. 평범한 쇼핑 거리라서 겉으로 보기에는 관광객보다는 현지인들이 많이 찾을 거라 생각되지만 지역 맛집이 몰려 있어 최근에는 관광객들도 찾는 곳이 되었다.

광복로를 걷다 보면 용두산 미디어 파크로 올라가는 에스컬레이터가 보인다. 에스컬레이터를 타고 끝까지 올라가서 용두산 미디어 파크 안으로 들어가 보자. 공원에 도착하면 제일 먼저 이순신 장군 동상이 보인다. 여수에서 봤던 이순신 장군이 여기에는 왜 있는 것일까? 일제강점기에 용두산에는 일본 신사가 있었다. 광복 후 신사를 없애고 우리나라의 국권 회복을 위해 이순신 장군 동상을 세운 것으로 추측된다.

이순신 장군 동상 뒤에는 부산타워가 있다. 부산타워 입장료는 성인 1인 기준 12,000원인데 온라인으로 사전 예매할 경우 정가보다 저렴하게 구입할 수 있다. 타워에 입장하면 엘리베이터를 타고 제일 위층으로 올라가 전망대부터 가보자. 전망대는 전부 유리창으로 둘러싸여 있어 용두산 주변의 부산 풍경을 내려다볼 수 있다. 전망대에서 한 층 내려가면 미디어 전시 관람 또한 가능하다.

크리스마스 시즌에 용두산 미디어 파크에서는 크리스마스트리 문화 축제가 열린다. 크리스마스에 가까워질수록 방문객이 증가하는데 크리스마스이브와 크리스마스 당일에는 입장까지 몇 시간을 기다려야 할 정도로 방문객이 폭증한다. 축제 때는 공원 전체가 크리스마스 조명으로 가득하며 타워 앞에는 커다란 트리가 세워진다.

부산타워에서 용두산길을 따라 북쪽으로 올라가면 부산근현대역사관이 있다. 본관과 별관으로 나뉘는데 각각 옛 은행 건물과 동양척식주식회사로 사용됐던 건물을 활용하고 있다. 두 전시관에서는 일제강점기부터 현대 시대까지의 부산 역사를 볼 수 있다. 부산은 근대가 시작되면서부터 급격한 발전을 이뤘으며 그 이후 현대사에서 중요한 역할을 맡았다. 본격적인 부산 여행을 앞두고 간단하게 둘러본다면 앞으로 가볼 곳들을 이해하는 데 도움이 될 것이다.

용두산 미디어 파크에서 다시 광복로로 내려와 서쪽으로 걸어가면 오른쪽으로 국제시장 가는 길이 보인다. 국제시장은 해방 후 조성된 시장으로 6·25전쟁 때 부산으로 피난 온 피난민들이 국제시장에 자리를 잡으면서 활성화되었다. 당시에는 미군 물자와 밀수품이 판매되었으나 지금은 일반 시장으로 운영된다. 국제시장의 역사는 오래되었지만 영화를 통해 더 많이 알려지면서 방문객이 늘어났다. 지금은 시장으로 운영되는 국제시장과 복합문화공간으로 개조된 국제시장으로 나뉜다. 복합문화공간의 경우 국제시장의 역사를 간단하게 소개하고 있으며 작은 가게들이 모여 있는 복합 상점가다.

국제시장을 기준으로 남쪽과 북쪽에는 각각 테마 거리가 조성되어 있다. 남쪽에는 부산국제영화제 거리가 조성되어 있는데 영화제 기간이 아닐 때도 길거리 음식이 유명해지면서 늘 붐빈다. 시장 북쪽에 위치한 보수동은 좁은 골목길을 따라 작은 책방이 줄지어 있어 책방 골목으로 유명하다. 거리를 향해 진열된 책들을 잘 살펴보면 추억의 책 또는 너무 오래되어 시중 서점에서는 구하기 힘든 책을 건질 수도 있다.

이제 지하철을 타고 부산의 동쪽으로 가보자. 부산 지하철 2호선 대연역 3번 출구로 나와서 유엔평화로를 따라 걸어 내려가면 정면에 유엔 참전기념탑이 보인다. 이곳에 유엔 참전기념탑이 있는 이유는 바로 옆에 유엔기념공원이 있기 때문이다. 부산과 6·25전쟁의 관계는 여기에서도 이어진다. 전쟁 발발 후 유엔은 3차 결의안을 통해 참전을 결정하고 유엔군을 조직했다. 바로 이 유엔군을 지휘한 사령관이 앞선 인천 편에서 소개한 맥아더 장군이다.

미국을 시작으로 총 22개국이 유엔군의 이름으로 6·25전쟁에 참전했다. 전쟁에서 희생된 유엔군의 유해는 고국으로 송환되기도 했지만 그렇지 않은 유해는 유엔기념공원에 안치되었다. 유엔기념공원은 전 세계에서 유일한 유엔군 묘지이며 현재 2,300구가 넘는 유해가 안장되어 있다.

유엔기념공원은 유엔에 영구 대여되었는데 이러한 연유로 공원 앞을 헌병이 지키고 있다. 하지만 특수한 절차 없이 무료로 관람이 가능

오늘 여행은 어느 역에서 시작할까?

하기 때문에 당황하지 말고 들어가자. 유엔기념공원이 묘지기는 하지만 자연 풍경이 아름다워서 일반적인 공원으로 오해할 수 있다. 하지만 우리나라를 위해 희생하신 분들이 계신 곳이니 예의상 짧은 묵념이라도 드린 후 공원을 둘러보길 바란다.

다시 지하철 2호선을 타고 광안역에서 내리자. 광안역 3, 5번 출구로 나와 광안로를 따라 내려가면 광안리해수욕장이 나타난다. 만약 도보로 광안리해수욕장까지 올 예정이라면 광안해변로54번길로 걸어오는 것을 추천한다. 광안해변로54번길의 한쪽에는 바다가, 다른 한쪽에는 벽화가 펼쳐져 아름다운 풍경을 감상하며 걸어올 수 있다. 하지만 꽤 많이 걸어야 하므로 체력이 충분할 때 도전해 보길 바란다. 광안해변로54번길과 평행을 이루는 광안해변로는 벚꽃길로 유명하다. 봄에 광안리를 방문할 예정이라면 아파트 단지 사이에 조성된 광안해변로를 따라 광안리해수욕장까지 가보자.

광안리해수욕장에는 해변을 따라 카페거리가 조성되어 있다. 다만 카페거리의 카페에서 생각만큼 광안리 바다가 잘 보이지 않는다. 카페거리와 해변 사이에 차도를 두고 있는 데다 차도를 건너 해변에 도착하더라도 바다까지 한참 걸어 내려가야 하기 때문이다.

광안리해수욕장은 여름이면 해수욕을 즐기는 사람들로 가득하고, 가을에는 부산불꽃축제를 개최하고, 겨울에는 새해를 맞아 십이지 동물의 조형물을 설치해놓는다. 계절별로 달라지는 특색뿐만 아니라 사계절 내내 아름다운 야경으로도 유명하다. 광안리해수욕장에서 바라보는 광안대교의 불빛이 야경의 정점을 이루는데 할리우드 히어로 무비에도 배경으로 등장했다.

부산 지하철 2호선을 타고 동쪽으로 더 가서 이번에는 해운대역에서 내려 보자. 해운대역 3, 5번 출구로 나와 직진하면 얼마 안 가 해운대 앞 바다가 펼쳐진다. 해운대해수욕장은 광안리해수욕장과 더불어 부산 해수욕장의 양대 산맥이라 할 수 있다. 여름이면 물 반 사람 반이라는 말이 나올 정도로 피서객이 넘쳐난다.

해운대는 해수욕장뿐만 아니라 주변에 형성된 관광지로도 잘 알려져 있다. 동백섬을 향해 걸어가다 동백섬 근처에 도착했다면 섬으로 들어가지 말고 그 옆길로 빠져 보자. 동백섬 바로 옆에 있는 복합문화공간이 우리의 목적지다. 이곳에서는 바다를 보며 식사를 즐길 수 있으며 요트를 타볼 수도 있다. 무엇보다 건물을 등지고 바라보는 해운대의 야경이 정말 아름답다. 바다 건너에 있는 아파트 단지가 야경으로 유명한데 복합문화공간에서 보는 각도가 굉장히 아름답다.

이번에는 해운대의 서쪽으로 가보자. 해수욕장 서쪽 끝에서 왼쪽으로 꺾어 달맞이길62번길을 따라 올라가면 세 방향으로 교차되는 지점에서 왼쪽으로 길게 뻗은 보행로가 보인다. 그 길을 따라 쭉 걸어가면 바닷가를 따라 열차를 탈 수 있는 정거장이 나온다. 이 정거장에서는 해운대 서쪽 끝부터 송정까지 운행하는 두 종류의 열차를 탈 수 있다.

오늘 여행은 어느 역에서 시작할까?

하나는 2~4인까지만 탈 수 있는 열차로 케이블카와 비슷한 크기다. 다른 하나는 일반적인 기차 크기로 입석과 좌석 구분 없이 탈 수 있다.

케이블카 크기의 소형 열차는 가격이 비싸고 중간 정거장에서 하차할 수는 없지만 좌석이 보장되어 있고 일행하고만 탑승할 수 있다. 반면에 일반 열차는 가격이 저렴하고 중간 정거장에서 하차할 수 있지만 좌석이 보장되지 않으며 여러 사람과 타야 해서 오붓한 분위기를 즐길 수는 없다. 두 열차는 여름이나 겨울처럼 날씨가 혹독한 때 바다를 느긋하게 둘러보고 싶다면 타볼 만하다.

부산역과 해운대는 거리가 멀어 해운대에 가려면 부산역에서 하차후 대중교통이나 차를 이용해야 한다. 해운대와 가까운 동해선 센텀역에 무궁화호가 정차하기는 하지만 경로가 복잡하고 시간이 더 오래걸린다. 서울역에서 센텀역으로 오려면 동대구역까지는 KTX를 타고 온 다음 동대구역에서 무궁화호로 환승해야 한다. 이러한 노선으로 올 경우 전체 소요시간이 무려 4시간이 넘는다. 그렇다 보니 해운대 근처에 숙소를 예약했더라도 부산역에서 내려 지하철을 타고 환승하거나 택시를 타는 것을 추천한다.

부산은 대중교통이 잘 갖춰져 있지만 시티투어버스도 운영하고 있다. 현재 3개의 노선이 운행 중인데 모두 부산역에서 출발한다. 이 책에서 소개한 곳 말고도 지하철역에 가깝지는 않지만 가볼 만한 곳이 포함되어 있는 노선이 있으니 미리 살펴보고 시티투어버스를 이용하는 것도 좋다.

　부산에 연고도 없지만 자주 방문했던 이유는 매번 갈 때마다 새롭게 가볼 곳이 있었기 때문이다. 게다가 똑같은 장소라도 계절에 따라 모습이 달라지니 새로운 곳처럼 느껴지기도 했다. 아직도 가보지 못한 곳이 많아서 한 번 더, 아니 어쩌면 여러 번 더 부산에 가보고 싶다.

오늘 여행은 어느 역에서 시작할까?

여행을 위한 최적의 순간은 없다

나에겐 너무 좋아하는 것은 아껴두는 버릇이 있었다. 보고 싶은 영화를 보기 위해서 그 영화에 어울리는 날 충분히 집중할 수 있는 환경일 때를 기다렸다. 가고 싶은 여행은 장소가 제일 예쁘다는 계절에 가장 날씨 좋은 날을 골라서 가려고 미뤄뒀다. 좋아하고 기대하는 것을 가장 잘 느끼고 즐기기 위해 최적을 넘어 최고의 환경이 갖춰지기를 원했던 것이다.

이 책을 쓰면서 이제까지 갔던 곳에 대한 기억을 떠올리고 사진을 찾아보고 일기를 들춰봤다. 꼭 소개하고 싶지만 가보지 못했던 곳은 시간이 될 때 무작정 가봤다. 그중 돈의문박물관마을이 가장 기억에 남는다. 돈의문박물관마을에 방문하기 좋은 날을 기다리다가 더 이상 미룰 수 없을 때가 와서야 서대문으로 향했다. 돈의문박물관마을은 이 건물 저 건물로 옮겨 다니며 구경해야 하는 곳이라 당연히 비 오는 날은 피하고 싶었고 사람이 많아 정신없다는 주말도 피하고 싶었다. 하지만 평일에 도저히 시간을 낼 수 없어 결국 주말에 가게 되었다. 게다가 서대문역으로 향하는 지하철에 타고 나서야 비 소식이 있는 걸 알게 되었다. 하지만 놀랍게도 비 소식은 희소식이었다. 주말인데도 비가 온 덕분에 생각만큼 붐비지 않아 마을을 여유롭게 둘러볼 수 있었다. 비가 와서, 비가 온 덕분에 여유롭게 관람할 수 있었던 것이다.

이제까지의 여행을 돌이켜보면 우연의 덕을 본 순간들이 많았다. 날씨 등의 여건을 모두 고려해 최고의 환경을 만들어 떠난 여행도 있었지만 '하필'이라는 생각이 들 만큼 기대와 어긋나는 때도 많았다. 하지만 기대와 어긋나는 순간 얘기치 못했던 즐거움과 추억을 얻을 수 있었다. 여행에서 우연의 덕을 보려면 최적의 순간을 기다리며 미뤄서는 안 된다.

'나중에 여유가 생기면 유럽으로 길게 여행 갈 거야.', '차 사면 편하게 여행 다닐래.'라는 말들로 우리는 여행을 위한 최적의 순간을 기다리기도 한다. 하지만 그런 순간은 외부환경이 아니라 자기 스스로가 만드는 것이다. 여유라는 것이 꼭 긴 시간일 필요는 없다. 어딘가를 가기 위해서는 차를 대신할 수단은 많다. 오늘 내게 몇 시간이라도 여유 시간이 있다면, 그리고 어디든 갈만한 체력이 있다면 그때가 바로 여행 가기 최적의 순간이다.

여행은 거창할 필요가 없다. 조금이라도 낯선 곳에 가서 새로운 경험을 하는 것만으로도 여행이라 부를 수 있다. 여행에는 조건도 필요 없다. 이 책 내내 전달하고자 하는 메시지가 바로 내 몸과 대중교통만 있으면 여행을 떠날 수 있다는 거니까.

이 책을 들고 아직 지하철역으로 향하지 않았다면 책을 돌이켜보며 가장 기억에 남거나 가보고 싶은 곳을 골라보자. 오늘 당신의 여행은 어느 역에서 시작할 것인가?

오늘 여행은 어느 역에서 시작할까?

초판 1쇄 발행 | 2024년 8월 16일

지은이 | 박소연
펴낸이 | 김지연
펴낸곳 | 생각의빛

주 소 | 경기도 파주시 한빛로 70 515-501

출판등록 | 2018년 8월 6일 제 406-2018-000094호

ISBN | 979-11-6814-077-6 (03810)

원고 투고 | sangkac@nate.com

ⓒ박소연

* 값 16,500원